画鬼と娘

明治絵師素描

池　寒魚

JN030310

集英社文庫

目次

【登場人物紹介】

河鍋暁斎《かわなべきょうさい》　一八三一（天保二）－一八八九（明治二十二）

幕末から明治にかけて活躍した絵師。早熟にして多作、多彩な画題と技法の幅をものにし、永きにわたり活躍。狩野派が時代の役割を終えんとする明治期には「最後の狩野」とも呼ばれた。一八七〇（明治三）年、書画会で描いた作品が官を愚弄したとされ投獄される。一八七一年、第二回内国勧業博覧会に出品した『枯木寒鴉図』は有名。

河鍋暁翠《かわなべきょうすい》　一八六八（慶応三）－一九三五（昭和十）

暁斎三番目の妻ちかとの間に生まれた長女。名はとよ。幼いときから暁斎に手本を与えられ、絵の技術を磨く。暁斎の作品の助手をつとめた、暁斎の画業の正統な継承者。一九〇二（明治三十五）年には東京女子美術学校（現・女子美術大学）初の女性教授となる。

五姓田芳柳《ごせだほうりゅう》　一八二七（文政十）－一八九二（明治二十五）

十代で歌川国芳に入門し浮世絵を学ぶ。江戸末期に油絵に出会い、横浜絵という独特の写実絵画を制作、評判となる。横浜、のちに浅草に工房を構え、肖像画の注文を請け負う。明治天皇の御影を描くなど、明治初期は画壇の中心で活躍。多くの弟子を育てた。

五姓田義松《ごせだよしまつ》　一八五五（安政二）―一九一五（大正四）

芳柳の次男。十歳で英国人画家ワーグマンに師事。一八七七年（明治十）、第一回内国勧業博覧会に作品を出品、洋画の最高賞を得る。翌年より明治天皇の御付画家として北陸・東海への行幸に同行。その後渡仏し、日本人初のサロン・ド・パリ入選作家となる。

高橋由一《たかはしゆいち》　一八二八（文政十一）―一八九四（明治二十七）

近代洋画の開拓者。佐野藩の剣術師範の家系に生まれるも、幼少期から絵の才能を見せ、剣術は継がずに画業の道へ進む。二十代で洋画の写実表現に衝撃を受け、以降洋画の技術の研究と普及に人生を捧げる。迫真の描写が印象的な『鮭』が有名。

高橋源吉《たかはしげんきち》　一八五八（安政五）―一九一三（大正二）

父・由一より油彩技法を学び、画家に。さらに工部大学校のお雇い教師・フォンタネージから本格的な美術教育を受ける。明治美術会結成に携わり、日本初の美術雑誌の主幹を務めるなど、美術界に貢献する傍ら、父の功績を称える『高橋由一履歴』をまとめた。

画鬼と娘

明治絵師素描

河鍋暁翠『能　石橋』　河鍋暁斎記念美術館蔵

序

二〇一三年十月十五日、ロンドンのほぼ中心、シティ・オブ・ウェストミンスター、セント・ジェームズ地区キングストリートにある競売会社クリスティーズのオークション会場に槌音《つちおと》が鋭く響き渡った。

「落札《ソルド》」

サヴィル・ロウのノートン&サンズで仕立てたスーツに身を固めたオークショニアが会場正面、向かって左にあるボックス席にひしめく美術商のうち、一人を指さした。場内に張りつめていたクリスタルのような空気が砕け散り、どっとため息が漏れる。

長らく行方がわからず、幻とされてきた河鍋《かわなべ》暁斎《きようさい》作の絹本《けんぽん》、極彩色の肉筆画『地獄《じごく》太夫《だゆう》と一休禅師』が落札された瞬間である。暁斎は地獄太夫という画題を何度か手がけ、いずれも傑作だが、このとき出品されたのが原初の一作とされる。

価格は約五十八万ポンド、およそ一億円であった。

第一話
画鬼と娘

河鍋暁斎『地獄太夫と一休禅師』　画像提供：アフロ

1

「父の名は河鍋暁斎といいます」

とよがそう告げたとたん、いきなり人の家にやって来て、傲岸不遜《ごうがんふそん》に構えていた男の顔つきが一変、どちらかといえば怜悧《れいり》な光をたたえていた切れ長の目がみるみるうちに見開かれ、まん丸になった。三十をいくつか過ぎているだろう。落ちつき払った顔貌が少年のようになる。

はからずもとよは胸のうちにつぶやいた。

あら、あどけない……。

男のまん丸な目玉が左に動き、とよの後ろに敷いてある布団に寝かされた父の遺骸に移る。たっぷり一分ほども見つめたあと、まだまん丸な目をとよに向け、厚めの唇が動いてかすれた声が漏れた。

「あの？」

とよはうなずいた。

ときに明治二十二年四月二十六日の昼下がり――。

河鍋暁斎は、天保二年四月七日（一八三一年五月十八日）の生まれというから満五十八歳になるまでひと月足らずというところだった。前年より重い胃病――胃がんといわれる――を患い、食うもままならずどんどんと痩せていった。もともと細身ではあったが、この十日ばかりは小さな匙《さじ》に水を飲むばかり、それも一日に数度となっていた。

今朝になって酒を所望したのでいつもの匙に一つ飲ませるとこくんと飲みほし、咳《せき》を二つして至極満足そうな笑みを浮かべたかと思うとそのまま息が止まった。正午になろうとする頃である。

目の前の男があのと訊《き》いてきたのにはわけがある。暁斎は名の知れた狩野《かのう》派《は》最後の絵師だった。

幼少の頃から絵を描《か》くのを好み、のちに暁斎自身が語ったところによれば、三歳のとき、母とともに母の郷里に向かう途中、同行した若衆が捕まえてくれた蛙《かえる》を持ち帰り、菓子袋にその姿を写したのが描き初めという。七歳で浮世絵師歌川国芳《うたがわくによし》の画塾に入門したものの、謹厳実直一辺倒だった暁斎の父が、酒好き、遊び好きの国芳を嫌い、そうそうに退塾させてしまった。

国芳門下にあったのはわずかな期間に過ぎなかったが、後年自分が大酒飲みになったのは最初の師匠のせいだといっていた。しかし、一種の照れ隠しに過ぎない。暁斎は死ぬまで国芳の技巧、画業への尊崇を隠そうとしなかった。

暁斎が用いた号の一つに惺々狂斎《せいせいきょうさい》がある。惺々には脳がすっきり冴《さ》え、何もかも見通せる様子という意味がある。一方、似たような字で猩々《しょうじょう》がある。こちらは架空の動物で、その物語は能の演目にもなっている。真紅の装束が赤く染まった酔顔に似るところから大酒飲みにたとえられることが多い。

酒好きであること、そして暁斎が能狂言に造詣が深いところ——幕末期には能画を描けるのは暁斎のみとまでいわれた——から猩々が号といわれることが多かった。また暁斎が絵に署名する際、しばしば猩々と記していた。似たような字だし、暁斎が無頓着であったために間違ったとする者もあったが、とよは父から聞いていた。

『御神酒《おみき》だ』

とよが見てきたかぎり父は酒そのものも嫌いではなかったが、それより陽気でにぎやかな酒宴を好んだように思われる。一人で飲むことはほとんどないが、一人でも相手があれば、まず酒となった。

もう一つ、あえて御神酒と父が称するのも理解できた。

今から二十数年前の慶応元年、父は信州を半年ほど旅したことがあった。その際、請われて戸隠《とがくし》神社中堂の天井画として巨大な龍を描いている。大量の墨と大筆を支度させた父は、まず三合の大盃《たいはい》を三つ飲みほし、それから一気に描きあげた。

『神仙の域に足を踏みいれるには、まずは御神酒が要る』

そう父はつづけた。

父の父、とよから見れば祖父にあたる人は江戸の定火消《じょうびけし》をつとめていた。何しろ固い人物であったらしい。また、父暁斎は一時狩野派絵師坪山洞山《つぼやまとうざん》の養子であったが、洞山もまた謹厳実直そのものであったらしく、すでに酒と遊びの味をおぼえていた父には何とも息が詰まる家で、結局、三年ほどで飛び出し、離縁となっている。

大酒飲みで奔放といわれがちな父ではあったが、とよは父の芯に祖父より受けついだ堅物の血があると見ていた。そうでもなければ、一枚の絵を描くのに何枚もの下絵を描き、いざ本画となれば呆《あき》れるほど微細な隅々にまで気を配り、おろそかにしないなどできるはずがない。

しかし、どれほど大きかろうと天井画は一発勝負であり、下絵も描き直しもない。いきなり筆を下ろし、あとは一気呵成《いっきかせい》に描きあげるのみ、そこはまさに父のいう神仙の域なのだ。その境地に踏みだすためには、恐怖、邪心、迷いのすべてを洗いながさなくてはならない。御神酒を称する所以《ゆえん》である。

十年ほど前、新富座《しんとみざ》に高さ二間、幅九間半という妖怪引幕を描いたときも大量の御神酒をいただき、一気に筆を揮《ふる》った。

書画会という宴席で、旦那衆の注文に即興で描く席画はまた違う。次々に大盃を干し、陽気に浮かれ騒ぎ、大声で喋《しゃべ》りつづける父暁斎は一晩で二百も描いたことさえある。また繊細にして緻密な本画とする際には何ヵ月、ときには一年以上もかかり、この間はほとんど酒を飲まず、ひたすら張りつめた時が流れていく。

暁斎の酒にはこのようにふた通りあった。

『猩々にでもならなければ、描けない絵もある』

署名はあながち間違いともいえない。

また、ある日、とよは画室においていわれたことがある。十四歳の頃だ。よく晴れた日だった。庭に向かう縁側の障子を閉め、やわらいだ光の下に画仙紙を広げ、阿漕《あこぎ》という能の一場面で亡霊となった主役の漁師を描いていたときのことだ。

ふと背後に気配を感じてふり返ると、父が立ち、とよの手元に目を注いでいたのである。いつからそこにいたのかわからなかった。父がつぶやくようにいった。

『お前に御神酒は要らんな』

訳がわからず見返していると父の大きな目が動き、とよをまっすぐに見た。

『御神酒なしで踏みこんでやがる。大したもんだ。儂《わし》にゃ真似《まね》できん』

『どういうことでございましょう？』

『迷いなく筆が跳ねている。潔いってえか、度胸が据わってるってえか、眺めてて飽きねえ』

いつから見ていたのかととよは思った。絵を描きはじめると世の中の音という音すべてが消える。それこそ霹靂《へきれき》が来ても気づかないことさえあった。

『そこが周三《しゅうざ》と違う……、いや、儂もそこまで行けるかどうか』

しゅうざとは異母兄周三郎《しゅうさぶろう》のことだ。周三郎は父自身の幼名でもある。父の家では代々長男が直次郎《なおじろう》、次男が周三郎と名づけられた。父は長男を死産で喪《うしな》っている。

『かちかちの了見は周三が継いで、それ以外のあまりがお前に行った』

たしかに兄は生真面目で融通の利かないところがあったが、それだけに家族の誰もが――父でさえも――頼りとしている。それ以外のあまりといわれたのでは褒められている気はしなかった。

視線を感じ、とよは我に返った。つい父の死に顔を見つめてしまっていたのだ。先ほどの男がまっすぐとよを見ていた。

「たまたまとはいえ、暁斎先生が亡くなられた日にお伺いしたのも何かのご縁、お差し支えなければ手を合わせ、ご挨拶させていただきたく……」

「それは恐れ入ります。どうぞ」

膝でずり下がり、両手をついて深々と一礼したとよは、鼻先に触れんばかりの畳の目を見て、まだ男の名前すら聞いていないことに気がついた。

横たわる父のかたわらへ進んだ男は、しばらくの間父の顔を凝視していた。大きな目を見開き、ひたと見据える様子にとよははっとした。やがて目をつぶり、ほんの一瞬合掌して手を下ろした。次いでとよに挨拶し、そそくさと辞していった。内弟子のりうに玄関まで送らせた。

戻ってきたりうが縁側に膝をそろえて座った。

「お帰りになりました」

「そう」とよが応じる。「どちらまで帰るのかしら」

「浅草にお父上の家があるとか……、私の方からは何もお訊きしなかったのですが、ぶつぶつといわれておられました」

りうがコンデルに目を向けた。

「いったん玄関から離れられたのですが、すぐに戻ってこられて、コンデル先生にくれぐれもよろしく、と。近々あらためて先生のお宅に伺うと伝えて欲しいと申しつかりました」

父の枕辺に椅子を置き、腰を下ろしているのがジョサイヤ・コンデル、イギリス人の建築家で、父の弟子の一人だ。入門してかれこれ八年、父から暁英《きょうえい》の号を授かっている。

とよもコンデルを見上げた。

「そういえば、あの方はコンデルさんを訪ねていらしたんでしたね。お弟子さんですか」

「いえ……」

言いよどんだコンデルは首をかしげた。眉間にしわが刻まれる。明らかに困惑していた。

「今までに二度か、三度会っただけ」

イギリス人で、おかしな抑揚はついていたが、会話には困らない程度の日本語を使うことができた。

後年、コンドルというドイツ語風の呼び名で知られるようになるが、CONDERを英国風に発音すれば、コンダー、もしくは暁斎が聞いたようにコンデルの方が正確だろう。河鍋家では当主にならい、皆コンデルさんもしくはコンデル先生と呼び習わしており、百四十年近く経た現在でも同家ではコンデルと呼ぶ。

コンデルは暁斎の弟子ではあったが、明治十年に来日した、いわゆる御雇《おやとい》外国人であり、鹿鳴館《ろくめいかん》や丸の内ビジネス街の設計者として名を残している。大正九年に麻布《あざぶ》で亡くなるまで日本に住んだ。コンデルが亡くなったのは、日本人の妻が逝って、わずか十一日後のことである。

コンデルが言葉を継いだ。

「会ったといってもほかの人と立ち話をしているときに挨拶されたくらいで」

「どちらで？」

「工部大学校で」

コンデルは明治十年に来日し、工部大学校造家学――のちの東京大学工学部建築科――の教授に就任、同時に工部省営繕局顧問にもなっている。一八五二年の生まれなので来日時にはまだ二十五歳と若かったが、サウスケンジントン美術学校とロンドン大学で建築学を学び、卒業後はロンドンの建築事務所で経験を積んで、三年後に新人建築家の登竜門といわれるソーン賞を獲得している。

当時の明治政府は殖産興業を国家の一大方針としており、とくに工部卿《こうぶきょう》伊藤博文《いとうひろぶみ》が提唱したのは、あらゆる産業分野において日本人技術者を一日も早く国内で育成することであった。明治維新からまだ日が浅く、近代化は緒についたばかりでどうしても外国人技術者に頼らざるを得なかった。欧米列強に追いつき追いこせという掛け声を現実とするためには、どうしても日本人技術者が必要なのである。

そうして設立されたのが工部大学校だった。発足当初、教授陣が御雇外国人頼りは仕方ないにしても造家学はちょっとひどかった。たしかに西洋人教授ではあったが、実体はいくつもの現場を歩いてきた、いわば大工の棟梁《とうりょう》クラスに過ぎず正規に建築学を学んだ者はいなかった。そのため学生たちの間からは不満が噴出していたのである。そこへ登場したのがロンドン大学卒、ソーン賞受賞者のコンデルであった。

ちなみに最初にコンデルが受けもった学生の中には、のちに日本銀行本店を設計する辰野金吾《たつのきんご》、赤坂離宮を設計する片山東熊《かたやまとうくま》らがいる。日本人学生が初めて理論的に建築学を学んだ端緒であった。

とよはコンデルを見返していいかけた。

「それじゃ、あの方も造家の……」

「ノー」コンデルが首を振る。「彼は美学校のフォンタネージの生徒だった。私はイギリスで美学校にも通っていたことがあって、それでフォンタネージ先生とも付き合いがあったんだ」

「美学校？」

あの男が父の顔を凝視していたときの横顔が脳裏に浮かんだ。真摯でありながらどこか冷めた印象があった。

あれは絵師の目だ――。

「絵師なのですか」

コンデルがうなずく。

「お名前は？」

「五姓田《ごせだ》……」コンデルが宙に目をやる。「義松《よしまつ》」

「五姓田、どこか聞いたような……」

とよは縁側に正座しているりうをふり返った。

「浅草に親父殿《おやじどの》の家があるとおっしゃっておいでだったね」

「はい」

「浅草……、五姓田……」

記憶が蘇《よみがえ》ってきた。


その日、七歳のとよは人波が行き交う浅草寺《せんそうじ》境内を父に手を引かれて歩いていた。面白いものを見せてやるといわれ、家を出てきたのである。父は無類の見世物好きで物心つく頃から浅草、上野界隈《かいわい》を一人でふらふら歩いていたという。

奥山に近づくにつれ、おどろおどろしい看板や見るからにヤクザ者といった風の呼び込みが増え、怪しげな空気が漂ってくる。いくつかの見世物小屋を通りすぎたところで父が足を止め、ひとりごちた。

「ここだ」

とよは父を見上げた。

「何？」

「あぶらえ、だ」

何のことだかさっぱりわからなかったが、それより見世物小屋の木戸口に立つ大入道がまくし立てるだみ声が怖くて、とよは父の手を両手で握り、すがりついた。

「さてご用とお急ぎでない方は、と申しあげるところだが、こいつばっかりは火急のご用がおありだろうと、親の死に目に会えるの会えないのとお急ぎだろうと、一度は見ておくべき、まさに一見の価値あり。いやいや一見の価値なんてもんじゃない。見逃せば一生の損、末代までの損、御先祖様も浮かばれねえて代物だ。可愛《かわい》い可愛いお嬢ちゃんの娘盛りをそのままに、いやいやそれだけじゃねえ、去年死んだお父っつぁん、おっ母さんが生き生きしてた頃の血色のまま、目の前に現れ出《い》でて、そいつが子、孫、曽孫《ひまご》、その先までずうっとつづく。まずは一見、お代はたったの十銭と来《く》らぁ」

父が木戸銭を払った。とよはまだ子供なので木戸銭は取られなかった。

小屋の中は暗かったが、天井か壁の一部に切り欠きでもあるのだろう。細い光が射《さ》し、壁のそこここを四角く照らしている。だが、奥は暗いままで、目が慣れてきてようやく見物客の影形がわかるようになる。

父の手を包みこむように握る両の手のひらがじっとり汗ばみ、とよは知らず知らずのうちに息を殺していた。父はのんびりした足取りで奥へ奥へと進んでいく。

人垣が割れ、壁に掲げられたあぶらえを見て、とよは思わず声を漏らした。

「あっ」

闇の中に女の生首が浮かんでいたのである。年の頃なら十二、三か、丸い頬に血の色が見えた。とよはさらに強く父の手を握りしめたが、父は何もいわない。

父はあぶらえといった。絵なのだろう。だが、絵とは思えず、生首が闇に浮かんでいるようにしか見えなかった。やがて父が鼻を鳴らし、つぶやいた。

「藹次《らっし》もねえ」

父の口癖の一つだ。どうしようもないというときに口にする。七歳ながら父の声音を耳にしただけで、とよはその時々の父の肚《はら》を感じ取らされた。今は呆れかえり、憤っている。

それから先、いくつかの生首を見た。あぶらえというくらいだから絵なのだろうが、とよの目には相変わらず本物の生首にしか映らなかった。そうした中、ひとつだけ田んぼの中を通る道を、牛を曳《ひ》きながら歩いている百姓が小さく描かれた絵があった。ほの暗い中に掲げられているのに陽《ひ》の光が溢《あふ》れるような不思議な絵で、その前でだけ父がふむとつぶやいた。

小屋を出たところで呼び込みをやっていた大入道が父に声をかけてきた。

「どうですか、旦那、びっくりなすったでしょう。ここの画塾に頼めば、死んだお父っつあん、おっ母さんを拝めるってもんです」

「臈次もねえ」

父が低い声でいうと大入道の顔つきが変わった。見る見る朱に染まる。

「何だい、そりゃ」

「絵の上ににかわを塗りたくっててからせて、はい、油絵とございとはね、呆れてものもいえんよ」

「おい、爺《じい》さん、あんた、おれたちにあやつけようってのかい」

大入道が大声を発すると同時に三人ばかり若い男たちが飛びだしてきて父ととよを囲んだ。だが、父はまるで動じない。

「見たままをいっただけだ」

「見たままだと」大入道の目が細くなり、禍々《まがまが》しい光を帯びる。「あんたぁ、このままただで済むと思ってるのか」

「ほう、どうするね？　殴るかい？　たたんで熨《の》してみるかね。儂ぁ、逃げも隠れもせん。本郷《ほんごう》は大根畑《だいこばたけ》住、河鍋暁斎って者《もん》だ」

その名を耳にして男たちがひるむ。

父——とよは固くその手を握った——かっこいい。

2

「おーい、今、帰《けえ》ったよ」

玄関から聞こえてきた兄周三郎の声に立ちあがりかけたりうを制し、とよが立った。

「いいよ、あたしが出る」

突然の来客――五姓田義松が帰ったあと、父を寝かせてある奥座敷の襖《ふすま》を開け放った。奥座敷には、あと二間つづいているが、そちらは襖を外し、ひと続きにしてある。そこでは、父の危篤を知って二、三日前から詰めている弟子たちや、今日になってやって来た弔問客が数人ずつに分かれ、膳を前に差しつ差されつ飲み、ぼそぼそ話しこんでいる。りうはひっきりなしに酒や肴《さかな》を運んでいた。主の暁斎が無類の酒好き、それ以上に宴席好きだったので酒宴は珍しくないどころか、二人以上になれば、まず酒が供された。

玄関まで出ると兄が耳が隠れるほどに髪を伸ばした大柄な男とともに立っていた。

「あら」つぶやいたとよは式台に両膝をそろえて座り、手をついて頭を下げた。「お久しぶりでございます」

「ご無沙汰しております」

大柄な男――父の弟子の一人、小林清親《こばやしきよちか》が沈痛な面持ちで一礼する。

「お師匠のお加減がよくないというのは聞いておりましたが、ご負担になってもいけないと思い、遠慮しておりました。いずれ恢復《かいふく》された折にでもあらためてご挨拶に伺おうと思っていた矢先に……、悔いております」

「わざわざ恐れ入ります」

とよが応じると兄は肩越しに親指で外を指した。

「ついこの先で会ってね」

菩提寺《ぼだいじ》の住職に枕経をあげてもらったあと、兄は住職を送りがてら谷中瑞輪寺《やなかずいりんじ》まで行っていた。帰り道で小林と会ったらしい。

瑞輪寺は甲斐《かい》家の菩提寺だった。とよの祖父が江戸の定火消で、姓が甲斐、名は記《き》右衛門《えもん》といった。記右衛門は元々下総国古河石町《しもうさのくにこがこくちょう》——現在の茨城県古河市——に住み、次男として生まれたのが周三郎、すなわち暁斎である。記右衛門は生まれついての武士ではなく、実家は裕福な米穀商という。その次男に生まれた記右衛門は請われて古河藩士河鍋家の養嗣子に入った。さて家を継いだ記右衛門だったが、下総国で一生を終えることに飽き足らなくなり、江戸の定火消甲斐家の養子となり、家族共々入ったのである。

複雑なようだが、何より大事な家を後世に残すため、武士ばかりでなく、商人や百姓でも養子縁組はよく行われていた。

記右衛門の次男だった暁斎は幼い頃から絵を描き、駿河台《するがだい》狩野派に入門、九年の修行を経て洞郁陳之《とういくのりゆき》の名をもらった。その後、縁あって絵師坪山洞山の養子に入るものの養父とそりが合わず三年で離縁となった。坪山家を出た際、存命だった記右衛門に請われ、河鍋姓に復している。瑞輪寺とはそうした縁つづきであった。

「さ、どうぞお上がりくださいまし」

とよは小林を奥座敷へと案内し、兄は手前の座敷に入って酒盛りに加わった。父の枕頭に端座した小林が線香を手向け、両手をあわせて、しばらくの間瞑目《めいもく》したあと、下がってとよに一礼、次いでコンデルにも小さく頭を下げた。コンデルは椅子に座ったまま、辞儀を返す。

「お久しぶりでございました」

小林がいうのへコンデルが返す。

「こちらこそすっかりご無沙汰しておりました」

弟子とはいえ、小林はすでに浮世絵師として一家をなしていたし、コンデルの自邸へ暁斎が出稽古に行っていたため、二人が互いに顔を合わせることは滅多になかったが、互いに見知ってはいた。

小林はもともと幕臣で慶応元年には将軍徳川家茂《とくがわいえもち》の上洛《じょうらく》に従い、慶応四年には鳥羽《とば》伏見《ふしみ》の戦いから上野戦争に参加、明治に入ってからは将軍家とともに駿府《すんぷ》に赴き、一時三保《みほ》——現在の静岡市清水区——で暮らしていた。暁斎も本家ともいうべき甲斐家とともに駿府暮らしを経験しているが、最後の将軍慶喜《よしのぶ》に従った幕臣は数万人ともいわれ、人口が爆発的に増えたことによって生活は困窮を極めた。暁斎は時おり東京にやって来ては書画会などで絵を売ったが、それでも食いつなぐのがようやくという有様だった。

明治七年、小林も食い詰め、東京に戻った。六尺もの巨軀《きょく》を買われ、剣豪榊原鍵吉《さかきばらけんきち》が主催する剣術興行の一座に所属して各地を回ったりしたものの生活は一向楽にならず、絵師を目指すようになった。それから二年後、浮世絵師として世に出る。木版画に洋風画の味わいを持ちこんだ新味が受け、以来、売れっ子となって月岡芳年《つきおかよしとし》、豊原国周《とよはらくにちか》と並んで明治浮世絵界の三傑とまで呼ばれるに至っている。

コンデルがにやりとする。

「先ほど珍しい男が顔を見せましてね」

「ほう、どなたが」

「五姓田義松」

名を聞いたとたん、みるみる小林の下唇が突きでて、口角が下がった。とよは二人の様子を交互に見ていたが、やがて小林に訊《たず》ねた。

「あの方をご存じなのですか」

「名前くらいは、ね」

絵師を志すようになった小林は、これからは西洋画の時代だと当時横浜にいた報道画家チャールズ・ワーグマンに弟子入りする。のちに木版画に新機軸を打ちだす小林にはやはり先見の明があったというべきだろう。しかし、何が合わなかったのか、入門して間もなくワーグマンと衝突、追いだされている。そのワーグマンに御一新前の慶応元年に十歳で入門したのが五姓田義松であった。いわば小林にとってははるかな兄弟子といえるが、師としてのワーグマンをしくじっている以上、どちらの名も面白くはない。だが、あえてとよに説明しようとはしなかった。事情を知って、コンデルがからかったのかも知れない。

床の間に目を向けたコンデルが話を変えた。

「やっぱり先生といえば、これですね」

小林、そしてとよも目を向ける。掛けられている軸には、枯木《こぼく》にとまる羽をふくらませた一羽の寒鴉《かんあ》が描かれていた。

小林は腕組みし、掛け軸に見入った。

たしかに枯木寒鴉の図は父暁斎を代表する画題といえた。だが、自分が伏せっている部屋の床の間に飾るのを望んだのは父自身でもあった。

『死人の枕許《まくらもと》にゃ鴉《からす》が似合いだ』

江戸っ子はしゃれがきついのを身上とする。数日前、うっすら目を開けた父がつぶやいたとき、とよは縁起でもないと叱ろうとしたものの、つい吹きだしてしまった。その様子を思いだしながらちらりと隣室にいる兄をうかがう。

父があとをつづけたのである。

『でなきゃ、幽霊か』

暁斎は女房縁の薄い人であった。最初の妻は、琳派《りんぱ》の絵師鈴木其一《すずききいつ》の次女できよ、といった。結婚したのは安政四年、暁斎二十七歳のときである。ところが、二年後の夏、きよは早世してしまう。その年の暮れ、後添えとして北豊島郡《きたとしま》――現在の東京都足立《あだち》区周辺――の百姓榊原家の娘とせを娶《めと》った。

とせは非常に美しい人だった――とよは何度も聞かされてきた。すぐに子供ができたが、産まれる前に流れてしまった。男の子だった。それから一年ほどして次男周三郎が生まれている。しかし、今度は産後の肥立ちでも悪かったのか、とせが亡くなってしまった。

とよの顔はどちらかといえば下ぶくれで福々しいが、周三郎は細面の優男《やさおとこ》で、美人だった母親を想像させる。何かにつけ父は異母兄を四角四面で融通が利かないというが、温厚篤実の人でとよにも優しくしてくれた。父にしてもしっかり者の次男がいてくれたおかげで奔放に暮らすことができた。とよもまた兄の庇護《ひご》の下、好きなこと、すなわち絵を描くことに専心できたものである。

父が口にした幽霊図は、とせを描いたものだ。息を引き取ったとせを弟子たちに抱きおこさせ、父が写生したという話も残っている。嘘《うそ》か信《まこと》かはわからない。一度、兄に訊《たず》ねたらいわれた。

『そうでもしなけりゃ、親父はとてもじゃないが正気を保っていられなかったんだろう』

もちろん産まれたばかりの兄が写生する父の姿を憶《おぼ》えているはずはない。

「お師匠から何か聞いておられませんか」

小林に声をかけられ、とよは目を向けた。

「はい？」


枯木に寒鴉の画題を好んだ暁斎は幾度も描いているが、中でも有名なのは明治十四年三月、第二回内国勧業博覧会に出品した四点のひとつ、『枯木寒鴉図』で、妙技二等賞牌《はい》――二等とあっても日本画の最高賞――を獲得している。勧業の文字があるのは、当時の政府が掲げた富国強兵、殖産興業の旗印の下、近代化に邁進《まいしん》するため、全国から機械、園芸、農業、そして美術等々の各方面から技量に優れた逸品を集め、一堂に展示することを目的としていたためだ。

さてこの博覧会、暁斎のみならずコンデルにも大きな関わりがあった。会場となった上野寛永寺《かんえいじ》本坊跡に建設されたレンガ造りの博覧会場のうち、美術館を設計したのがコンデルであり、暁斎作品が展示された。博覧会後、この美術館は上野博物館本館となったが、大正十二年の関東大震災で失われ、現存していない。

コンデルは自ら設計した博覧会場で出会った『枯木寒鴉図』に感銘を受け、暁斎に弟子入りしている。

当時話題を呼んだのは、暁斎が『枯木寒鴉図』に百円という値を付けたことだ。単純に当時と現在の貨幣価値で換算すれば数百万円といったところだが、使いでが違う。明治の中頃、日本橋裏通りの一軒家が千円で買えたというから価値は数千万円にも相当するだろう。

鴉一羽をさらさらと描いて百円はあまりに法外だと主催者のみならず観覧者までが呆れかえり、ごうごうたる非難がよせられたものの暁斎は、一枚の絵の対価ではなく、二十五年におよぶ我が画業研鑽《けんさん》の値だと涼しい顔をしていた。

ところが、売れた。買ったのは日本橋菓子店榮太樓《えいたろう》の主人で、その場で百円を支払った。さすがに気が引けたのか暁斎は翌日百円を持って榮太樓を訪ねた。出てきた主人は、寒鴉図そのものもさることながら描いた暁斎の意気に感服したから買ったまでと応じた。

現在でも榮太樓では寒鴉を意匠とした缶入りの飴《あめ》を販売しており、時おり本店に本物の『枯木寒鴉図』の掛け軸が展示されている。

小林がとよをまっすぐに見て言葉を継いだ。

「お師匠が百円と値をつけたのはホイッスラーの裁判について知ったからではないかと話していたんです。儂は、ホイッスラーの件はコンデルさんがお師匠に教えたんじゃないかと思ってってね。あの裁判の記事がイギリスの新聞に載ったのが巳年《みどし》の正月、博覧会は三月《やよい》に始まっておる。ちょうどコンデルさんが弟子入りした頃だ」

「いえいえ」コンデルが顔の前で手を振った。「たしかに私は先生の鴉に惚《ほ》れこんで弟子入りを申し出ましたが、そのときにはすでに百円の値がつけられ、榮太樓のご主人が買われたあとでした」

コンデルが小林に目を向ける。

「小林先生こそホイッスラーのことを暁斎先生に吹きこまれたのではないかと……」

「吹きこんだとは人聞きが悪い」

小林が目を剝《む》く。巨漢にして元は武士、一時は剣術を披露する一座に加わって巡業していただけに迫力がある。一方のコンデルにしても白人だけに体格がよく背が高い。暁斎の枕辺に置いた椅子に座っていてさえ両足を窮屈そうに曲げていた。

「そのほいすらとかいうのは、いったい何のことです？」

とよは割って入った。一瞬、小林と見交わしたコンデルだったが、相手がうなずくのを見て話しはじめた。

第二回内国勧業博覧会が開催された明治十四年一月、ロンドンで発行されている絵入り新聞ヴィクトリアン・パンチにホイッスラーの『ノクターン』という作品を揶揄《やゆ》する記事が掲載され、二月の終わりか三月の初めには目にしていたとコンデルも認めた。

「でも、その頃の私はまだ暁斎先生を知りませんでした。それにそもそも裁判というのはその記事が載るより三年も前に起こっていたことなんです」

明治十一年十一月、くだんの裁判がロンドンで始まった。画家で版画家でもあるホイッスラーがある美術展に出品した作品に二百ギニーという値をつけたことに美術評論家のラスキンが新聞紙上で嚙《か》みついた。絵の具の壺《つぼ》をぶちまけただけの代物に二百ギニーとは図々《ずうずう》しいにもほどがある、と。それを読んで激怒したホイッスラーがラスキンを相手に裁判を起こした。

裁判において法務長官からあの絵を仕上げるのにどれほどの時間がかかったかと訊かれ、二日とホイッスラーは答えている。法務長官が二日の労働に二百ギニーを要求するのかと訊き返すとホイッスラーが胸を張って答えた。

『私の全人生を注ぎこんだ技量に対する値だ』

ちなみにギニーはイギリスの金貨で、現在は流通していない。ギニア産の金を用いたことが単位の名称の由来である。一ギニーは二十一シリングで、二十シリングのポンドよりわずかながら価値が高いとされたが、金貨である点が高い信頼を生み、貿易の決済手段としては重宝されたという。

「三年も前の出来事が新聞に載ったのですか。どうして、また？」

とよの問いにコンデルは苦笑する。

「売上げを伸ばすためでしょう。ホイッスラーは、少々……、その……、下世話な話題の多い人でもありまして」

一方で日本びいきの画家でもあるとコンデルはつづける。画風は浮世絵の影響を受けているともいわれるが、多少なりとも日本で名が知られているのは版画家でもあったためだ。明治期、とくに前半に持ちこまれた西洋画は大半がリトグラフやエッチングなどであった。

コンデルがふたたび小林に水を向ける。

「小林先生も以前からホイッスラーのことはご存じでしょう。作品もご覧になってた」

「見たことはある。だが、奴《やっこ》さんの作品ばかりじゃない」

「裁判のこともご存じだったのでは？」

「噂《うわさ》には聞いたことがある」

小林は一時横浜在住のワーグマンに師事しており、そのときにさまざまな西洋画を見ている。またワーグマン自身、ジャパン・パンチという英字新聞を発行していたため、アメリカやイギリス、そのほかの国々の新聞を取り寄せてもいた。風刺の利いた一コママンガ風の絵画をポンチ絵というが、ジャパン・パンチという紙名が由来といわれ、小林清親こそのちにポンチ絵で有名になる。

チャールズ・ワーグマンは一八三二年、ロンドン生まれ、長じてイラストレイテッド・ロンドン・ニューズ社の記者兼画家となった。冒険心に溢れ、文久元年に香港《ホンコン》経由で長崎に来ている。絵だけでなく、記事も書いたし、英語はもちろんフランス語、ドイツ語も堪能《たんのう》で、来日二年後には日本人女性と結婚、以来三十年にわたって日本に住みつづけ、後年、日本語も流暢《りゅうちょう》に操るようになった。絵も描くが、語学にも才能があった人物である。

さらにコンデルがつづける。

「そのことを暁斎先生にお話しになったことはありませんか」

小林清親は弘化四年、江戸は本所《ほんじょ》の生まれ、このとき四十二歳。コンデルは一八五二年ロンドン生まれなので小林より五歳年下になる。また暁斎に入門したのも小林の方がちょうど五年早かった。つまりは兄弟子である。

「話したことがあるかも知れんが、とにかくお師匠とは酒を飲みながらというのが多くて」

「いつも飲んでらしたでしょう」

とよは笑いをふくんだ声で混ぜ返した。父と小林とは大酒飲みという点で一致している。顔を見れば、まず酒となるのが常だった。

とよは改めて二人を交互に見て切りだした。

「父は、そのほいすらという画家のことは知っておりました。コンデルさんが先ほど寅《とら》年《どし》のこととといわれましたが……」

明治十一年の干支《えと》は戊寅《つちのえとら》になる。

「その頃、父は横浜に通っておりましてイギリス人商家の奥方に頼まれ、絵を描いておりました。母国にいらっしゃる奥方の父上に献上する絵が欲しいといわれまして、それでそちら様のお屋敷で天鈿女命《アメノウズメノミコト》やら天手力雄命《アメノタヂカラオノミコト》、仮名手本忠臣蔵《かなでほんちゅうしんぐら》の名場面など描いたのでございますが、その節、奥方様から裁判の話を聞いたそうでございます。うちへ帰ってくるなり感心したと申しておりました。異人ながら何ともうまいことをいってのけた奴《やつ》がいる、と。いつかは自分もその手を使ってやろうともいっておりました」

とよの答えに小林、コンデルともに顔を見合わせた。なおもとよはつづけた。

「しかし、憤ってもおりました」

「ほう」小林が身を乗りだす。「それは何に」

「絵師にいちゃもんをつけた、その何とかいう……」

「ラスキン」

コンデルがすかさず助け舟を出す。

「絵師の血を吸って生きる蛭《ひる》のような野郎が絵師が自らつけた値をとやかくいうのは許

せないとそりゃあもう大変な見幕で。だいたい絵師が自分の絵に値をつけるなどしないものでございましょう？　求められる方のご了見で値を決められ、それを聞いて絵師が応ずる。それだけでございます。ところが、博覧会のときはお役人が来て、あらかじめ値札を貼れと無粋をいわれた。だから父は百円と……」

「売る気なぞ毛頭なかった？」

小林の言葉にとよはうなずいた。

「何でもかんでもいくらいくらと値をつけなきゃありがたみがわからないような奴は馬鹿だと」

とよは父に目を向けた。

「失礼いたします」

声をかけられ、ふり返った。部屋の前で膝をそろえて座ったりうが手をついている。何かと訊こうとするより先にりうの後ろにのっそりと肥満漢が現れた。剃《そ》りあげた頭はつやつやしていたが、肉のついた顔にはあばたが散らばり、両頬ともに垂れさがっている。口をへの字に曲げた顔は怖くさえあった。

だが……。

「はい、ごめんなさいよ」

右手を差しだしてりうのわきに出たとたん、満面に笑みを浮かべた。見ている者の気持ちがパッと明るくなるような笑顔にとよは呆気《あっけ》にとられた。

肥満漢の顔を見て、声を発したのは小林である。

「おお」

小林を見返した肥満漢が応じた。

「これはこれは小林殿……」

互いに顔見知りのようだ。小林がぽかんとした顔でつぶやく。

「お師匠と知り合いだったとは」

「少し前になりますがね、上野のお山ですれ違ったことがございまして」

肥満漢が存外くだけた口調で答えた。

3

河鍋暁斎の肉筆画『東台戦争落去之図《うえのせんそうらくきょのず》』には、中央に輪王寺宮《りんのうじのみや》が描かれている。

上野寛永寺は徳川将軍家の菩提寺であると同時に江戸を都として形作る重要な役割を担っている。山号が東叡山《とうえいざん》、つまり東の比叡山《ひえいざん》であり、従ってふもとの不忍池《しのばずのいけ》が琵琶《びわ》湖《こ》に擬せられている。

慶応三年、江戸に下って寛永寺に入り、貫首日光輪王寺門跡《かんしゅにっこうりんのうじ》を継いだのが仁孝《にんこう》天皇の猶子とされる能久親王《よしひさしんのう》で歴代貫首と同じく輪王寺宮と呼ばれた。この人こそ暁斎の絵に描かれた人物にほかならない。

江戸幕府・徳川政権に対して長州、薩摩《さつま》その他諸々《もろもろ》が起こした謀反が戊辰《ぼしん》戦争であり、旗本、御家人たちが江戸に迫る反幕府勢力の先鋒《せんぽう》東征軍の手から輪王寺宮を救い、落ち延びさせようとするのがすなわち戊辰上野戦争だった。

よく上野戦争は鎧袖一触《がいしゅういっしょく》、東征軍が彰義隊《しょうぎたい》を一日でくだしたなどといわれるが、戦の目的が輪王寺宮の上野脱出にあると見れば、一日あれば充分だった。その日、宮は寛永寺を出て、根岸《ねぎし》、三河島《みかわしま》を経て上尾久《かみおぐ》の庄屋邸に入り、夜半、敵が迫ったため、下尾久の百姓家に移って一夜を過ごしている。つまりは無事に生きながらえたのだ。

その日は豪雨だったと記録されている。上尾久から下尾久への移動は周囲一面川のようになっている中、小舟での移動を余儀なくされ、また、脱出行にあたっては宮も木綿単衣《ひとえ》の粗衣に身を包み、供回りも四、五人とし、雨に打たれ、泥田を這《は》いずり回った。それから十日後には幕府軍艦で江戸湾を出て東北に逃れ、奥羽越列藩同盟の盟主となっている。

宮の脱出行は慶応四年五月十五日のこと。暁斎の『東台戦争落去之図』には宮の姿が描かれているが、目撃できるはずがない。暁斎が上野戦争の写生に出かけたのは、翌十六日なのだから……。たしかに反幕府勢力の手からからくも宮が逃れる瞬間こそ暁斎は目の当たりにしてはいない。だが、硝煙のきな臭さや血の生臭さが立ちこめ、雨の匂いが濃密に残る上野の山を歩き、筆を揮っている。

暁斎は、九歳にして大洪水の神田川《かんだがわ》べりで生首を拾って写し、十六歳のときには小石川片町《こいしかわかたまち》から出火し、たちまち燃え広がって大火となり、自宅さえ類焼したというのに近所の屋根にのぼって燃えさかる街並みを一晩中写生していた。ちなみに父は幕府定火消である。そうした逸話のある暁斎ならば、上野戦争の翌日、矢も盾もたまらず筆に墨壺、紙を懐にねじこんで飛びだしても不思議はない。

上野戦争の頃、暁斎は本郷大根畑――現在の文京区湯島《ゆしま》二丁目辺――に居を構えていたし、甲斐家の菩提寺にして現在も暁斎、息子の周三郎、娘とよが眠る谷中瑞輪寺はまさに戦場の中にあった。

明治元年十二月――慶応四年は正月にさかのぼって明治と改元されたとするが、改元令の発付は九月であり、薩長政府が手を下したいかさまの一つ――生まれのとよには、上野戦争は生まれる前の出来事ながら因縁は浅くない。とよの母の実家が輪王寺宮家の家臣だったのである。

だからあばた面の大入道の土肥《どひ》がついこの間、上野のお山で父とすれ違ったといっただけで何を話しているか即座に理解した。小林清親もまた彰義隊の一員として上野戦争を戦った一人である。

土肥が父の枕辺に線香を上げたあと、三人は中の間に移った。枯木寒鴉の掛け軸を飾った床の間の前に夜具をのべ、父が寝ている奥の間が八畳、それへつづく十二畳の座敷が二つあり、いつとはなく中の間、前の間と呼ぶようになっていた。

「よもやここで土肥殿にふたたびお目にかかろうとは……、師匠のお導きでしょうな」

小林が感慨深そうにいうと、土肥殿と呼ばれた大入道が苦笑いを浮かべた顔の前で小さく手を振った。

「ご勘弁を。今はただの幇間《ほうかん》、露八《ろはち》にございますよ」

「えっ」

思わずとよは声を発していた。

二人の巨漢がそろって目を丸くし、とよを見ている。ほおがかっと火照るのを感じて顔を伏せた。

「ご無礼申しあげました。実は露八様の名前は父から聞いたことがございまして。たしか私が生まれるずっと昔からのお付き合いだそうで」

「いやぁ」露八が禿頭《はげあたま》に手をやった。「昔も昔、かれこれ四十年近く前、まだ安政と申しておった頃でございます。暁斎師にはその頃からご贔屓《ひいき》いただいておりまして」

目を剝いたのは小林である。

「安政の時分にもう露八の看板を掲げておられたのですか」

「看板なんぞとしゃれたもんじゃございませんがね。遊《あす》び好きが高じて吉原《なか》に入り浸っているうちに親父に勘当されましてね。こっちにすりゃもっけの幸いとばかりその頃仲良くしてもらってた幇間に弟子入りしたんでございます。そうすりゃ、大手を振って毎日なかで暮らせるってもんで」

露八は屋号松廼《まつのや》家、本姓は小林がいう通り土肥で名を庄次郎《しょうじろう》といった。土肥家は一《ひと》つ橋《ばし》家中にあって、代々槍術《そうじゅつ》、剣術の名家といわれ、師範をつとめるほどの技量を持つ。庄次郎は嫡男でもあり、槍術においては達人の域といわれた。だが、お座敷芸はもっと得意としており、幕末には勘当された身を拾ってくれた師匠とともに各地をまわり、明治になってからふたたび吉原《よしわら》に戻っている。師匠から受けついだ技芸を松廼家節と名づけ、家元となって鑑札を受けるに至った。

「そんな昔にもうお師匠と知り合っておられたとは」

「仮名垣魯文《かながきろぶん》先生があたしを贔屓にしてくださってたんです。それで暁斎師にも可愛がっていただくようになりまして」露八が顔をしかめる。「仮名垣先生のおかげでひいきがいえるなんぞという異名もいただきましたがね」

とよはとっさに下を向いた。吹きだしそうになったからだ。

小林があえぐように言葉を継いだ。

「しかし、上野に馳《は》せ参《さん》じたではござらんか」

小林の口振りがすっかり幕臣に戻っているのがとよには何となくおかしかった。

「まあ、放蕩《ほうとう》の挙げ句、弟が家督は継ぎましたが、それでもこれが……」右の親指を突き上げてみせる。「あれでございましたから」

土肥にとっては一橋が主家となる。慶喜《これ》が将軍《あれ》というのはとよにもわかった。露八がとよに目を向けた。

「暁斎師と行き会ったのも本当のことですよ。師は目をまん丸にされてましてね。無理もありません。なかの幇間が鉄鉢《てっぱち》巻まいて、腰に大小ぶっ込み、短槍かいこんで頭から血をかぶったような恰好《かっこう》をしてるのにぶつかったんですから」

「はあ」

とよにしてみれば唸《うな》るほかはない。

「でもね、驚いたのはこっちも同じだ。何しろそこらじゅうに首だの胴だの転がってる。指なんざうようよで、まるでウジ虫がそこらじゅうでのたくってるようなもんです。その中に立って夢中になって画帖《がじょう》にかがみ込んでる。実を申せば、あたしゃ、腹が立ちましてね。何だってそんな姿を写さなきゃならないんだって。それで襟首を捕まえたら、これが暁斎師だ。恐れ入りましたてえ次第になりやしたがね」

ふいに畳に目を落とした露八が沈鬱な顔つきになり、つぶやくようにいう。

「あれから二十一年でございますか。あたしもいろいろ思うところはあるんですよ。何しろあれがこれでございましょう」

そういいながら突きだした右手をくるりと返してみせる。おそらくは慶喜《あれ》が裏切り者《これ》なのだろうととよは察しをつけた。後年、最後の徳川将軍といわれた慶喜だが、将軍家のお膝元、江戸っ子の中には将軍と認めないという者も多い。

「お山の戦では宮様が無事落ちのびなさったんで一応の面目は立ちやしたが、いったいあたしらは誰に忠義立てしてたんでしょうな」

「それが世の習いというものでしょう」

取りなすようにいった小林を露八がさっとふり返る。

「わかっちゃおりますがね。それでも勝安房《かつあわ》みたいな野郎がのさばってて、今もぱあぱあと好き勝手をほざいて……」

はっとして言葉を切った露八がうなだれる。

「取り乱して、いささかみっともないところをお見せいたしましたな」

「何、皆思いは同じですよ」小林の口調がいつの間にか元に戻っている。「露八さんだけじゃありません。私にしてもお師匠にしても江戸っ子の了見がありゃ、あの野郎は気に入らない」

さらにもう一つ、二人にはひょんなつながりがあるのをとよは知った。幕末の剣豪榊原鍵吉の撃剣会である。小林は巨軀を買われ、一時撃剣会の一員となったのだが、興行が駿府に至ったとき、かの地でくすぶっていた露八が呼びだされ、口上、そして槍《やり》の演武をまかされたという。

撃剣会のあれこれを面白おかしく語るのを聞いているところへりうが徳利《とっくり》と膳部を運んできたので、とよは小林と露八の前へと進めた。二人が互いに徳利を持ちあげ、先に先にと双方ともに譲らないでいる間にりうが耳元に口を寄せて小声で告げた。

「松浦《まつうら》様がお見えになりました」

とよは目を上げ、兄を探した。前の間にいた兄と目が合う。りうがそばにいるのを見てとった兄がうなずく。とよに相手をしろという意味に違いなかった。うなずき返したとよは小林と露八に向かった。

「どうぞごゆるりと」

二人がかたじけないと応じ、とよは立ちあがった。

りうから松浦様と告げられたとき、とよには一人しか思い浮かばなかった。松浦武四《たけし》郎《ろう》である。襖を閉じた奥の間へ老年の男と女が案内されてきた。手をついて丁寧に辞儀をしたのははたして武四郎の妻とうであった。

「このたびはまことにご愁傷様でございました」

「わざわざお参りいただき、恐れ入ります」

とよも畳に手をつき、頭を下げた。

松浦武四郎は文化十五年、伊勢国一志郡須川村《いせのくにいちしぐんすかわむら》——現三重県松阪市《まつさかし》——で庄屋の三男に生まれた。生家の真ん前が伊勢街道で行き来する旅人が多く、そうした光景を物心つく頃から眺め、疑問を抱いていたという。

どこから来て、どこへ行くのだろう、と。

その思いが後年、生涯をかけて南は鹿児島、北は北海道、樺太《からふと》まで数度にわたって往復する希代の探検家を生むことになる。御一新より二十年以上も前の弘化二年から安政五年までの十三年間に六度にわたって蝦夷地《えぞち》を踏破したことは有名だ。

かつてとよは、父と武四郎の出会いは品川宿《しながわじゆく》で催された書画会だったと聞いたが、自分が生まれる以前のことだ。

明治となって武四郎はそれまでの経験を買われ、政府高官となっていた大久保利通《おおくぼとしみち》に呼びだされ、開拓御用掛を命ぜられた。かの地を北海道と命名したのはこのときである。

武四郎が御用掛を引き受けたのは、一にも二にも旧幕時代に過酷な扱いを受けていたアイヌを救いたいと考えたからだ。とはいえ格別正義感が強かったわけではない。見た目が違う、暮らしぶりが違うからといって女子供まで、理不尽に、そして容赦なく殴られ、蹴られているのを目の当たりにすれば、誰だって腹が立つ。それだけのことだ。しかし、新たに幕府が政府と名を変えてもアイヌに対する扱いは変わらなかった。一年ほどで辞めてしまった根底には不平を通りこし、渦巻く灼熱《しやくねつ》の憤怒《ふんぬ》があったためだ。その後は生涯つづけた旅の記録、行った先々での見聞、地勢を執筆し、旅に出るという生活をつづけた。

焼香を済ませたとうと連れが祭壇の前から下がったところで、とよはふたたび挨拶をした。その間にりうが茶菓を運んでくる。

「父も松浦先生にお参りいただき、大変喜んでいることでございましょう」

「いえ、こちらこそ先年、暁斎先生とご子息様、お嬢様にお参りいただきまして、あらためて御礼申しあげます」

武四郎は一年ちょっと前に亡くなっており、体調があまりすぐれないながらまだ多少歩くことのできた父、兄とともにとよも弔問に行っていた。

「午睡図では先生に大変お世話になりました」

そういわれ、とよは少しはかり落ちつかない気持ちになる。

理由は二つあった。

とうのいう午睡図とは、入寂寸前の、横臥《おうが》する釈迦《しやか》を弟子たちが囲む画題、釈迦涅槃《ねはん》の図を模して中央に武四郎を据え、描いたものだ。ただし、本人がぴんぴんしている頃だったので手枕でごろり横になり、心地よさげに昼寝を決めこむ姿を描いたのだが、そもそもの画題である釈迦入寂に従い、周囲の人物、動物たちには泣いているものが多かった。

しかし、絵が完成して二年ほどで武四郎が急逝しているため、文字通り涅槃に入るの図になってしまった。

古今の宝物を蒐集《しゅうしゅう》する好事家としての一面も武四郎にはあった。単に集めるばかりでなく、それぞれについて深く研究し、その該博な知識に裏打ちされた鑑定眼には定評があった。父も宝物を手に入れたときには、武四郎のもとへ持参し、評価を仰ぐこともあった。

父が学び、自らの芯としていた狩野派はそもそも仏画《ぶつが》をよくした。仏像を彫る仏師と並び仏絵師と称される所以である。父もまた仏への思いが強かった。

そうした二人が酒を酌み交わせば、自然と話はそれぞれの収蔵品を見せ合い、来歴を語り合うことになる。父も武四郎に鑑定してもらうと称しながらおのが目に狂いのないことは百も承知で、早い話が珍しいもの、高貴、富貴な逸品を手に入れれば、目のある武四郎に披露し、自慢しに行ったのである。そうなると武四郎も負けてはいない。さらなる逸品を、父に見せつけ、そのためだけに手に入れようと画策したきらいさえある。

自慢を肴の酒は格別美味《うま》い。

午睡図はそうした二人の丁々発止のやり取りから自然に立ちあがってきたものだ。もちろん父は受けて立った。さて依頼は引きうけたものの絵を描くために武四郎邸を訪れれば、まずはいずれかが自慢の逸品を出し、次いで酒となり、とめどなく談論風発がつづく。

実際、涅槃図が完成するまで六年を要した。終《しま》いには酒を飲んで酔っ払い、筆を執らないことが多かった父に業を煮やした武四郎が何度も暁斎宅にやって来ては催促するようになった。父はしばしば逃げだし、応対したのがとよである。ときには武四郎が持参した自慢の骨董品《こっとうひん》を写生させられることもあった。

親父に見せておけ、というわけだ。

ついには武四郎が父から急書を取るに至っている。その一項に約束をたがえた場合は武四郎から父に贈られた菱川師宣《ひしかわもろのぶ》の屏風《びょうぶ》を返すとあり、了見の狭い野郎だと怒っていた父だが、気にはしていたようだ。

午睡図は穏やかな顔つきで横臥する武四郎の周りに蒐集品が並んでいるものだが、完成が遅れたのは酒ばかり飲んで一向筆を進めない父のせいばかりともいえない。訪れるたびに武四郎が自慢の品を出してきてこれも描きくわえろといい、ついには依頼を受けた当初、髷《まげ》を結っていたものが制作途中で落としてしまったので自身の肖像さえ描きあらためろとまでいいだしたのである。

面倒くさい爺さんというのが暁斎の武四郎評であり、何度か同行したばかりでなく、応接係まで押しつけられたとよも似たような思いを抱いた。面倒くさい爺さんという印象は現在に至るまで河鍋家に伝わっている。

　これがとよが少しばかり落ちつかない気持ちを抱いた二つ目の理由であった。

　とうは大人しそうな顔立ちの小柄な人ではあったが、いまだ眼《め》には強い光をたたえていた。夫妻には、なかなか子供ができず養子をもらい、その後、ようやく娘が生まれたものの、二人をともに病で失っている。とくに実の娘は十になったばかりの頃に死んだというから夫妻の哀《かな》しみは深かった。それでも終生武四郎を支えつづけた芯の強さがとうの瞳に表れていた。

　とよは連れの男に目を向けた。初めて見る顔だ。高齢に見えたが、背筋がしゃんと伸び、見事なまでに輝く銀髪をきちんと撫《な》でつけている。とよの視線に気づいたとうが少しあわてていった。

「私は若い頃、この辺りに住んでおりまして」

「そうなんですか」

　とよは目を丸くした。武四郎は若い頃、一度妻帯しているが、妻とは死別していた。その後、四十過ぎまでやもめ暮らしをしていたところにとうが後妻に入っている。とうもまた未亡人だった。先夫は儒学者で根岸に住んでいた。

「失礼な話ながら笹乃雪《ささのゆき》はわかるのですが、暁斎先生のお宅は存じあげないものでご案内いただいたのでございます」

男がかすかに苦笑した。

「申し遅れました。手前は乙矢藤次郎《おとやとうじろう》と申します」

顔だけ見ていると年回りけ父とそれほど変わらないように見えたが、背筋がしゃんと伸びており、何より所作の一つひとつがしゃきしゃきしていて爺《じじ》むさいところがなかった。

「元々は越中《えっちゅう》の売薬をしておりまして、松浦先生とは弘化丙午《ひのえうま》に……」

「えっ？」

弘化丙午三年となれば、今から四十三年前になる。目をしばたたいたとよは素早く頭を下げた。

「ご無礼いたしました」

「いえ」乙矢が穏やかに頰笑んでつづけた。「蝦夷地において松浦先生に命を救われ、その後も何かとお世話になっておりました。縁がございまして日本橋の薬種問屋にまいりましたが、改めて松浦先生のところへご挨拶に伺いましたところ、それから何かとお引き立ていただくようになったのでございます」

「今も薬種問屋にお勤めでございますか」

「もうこんな年寄りでございます。とっくに隠居して気楽な長屋暮らしをしております。たまたま松浦先生のお宅近くに行く用がございまして、ご機嫌伺いにお訪ねしましたら奥様が暁斎先生のところへいらっしゃるといわれまして……」

「父とも以前から行き来がございましたか」

「残念ながら……」乙矢が小さく首を振る。「その機会はございませんでしたが、ご高名はかねてより承っておりましたし、先生のお屋敷がこちらだということは前から存じておりました。商いをしていた頃から笹乃雪には何度もまいっておりましたもので」

料亭笹乃雪から横丁を入ったところに暁斎邸はあった。安政年間から本郷大根畑に居を構えていたが、客や弟子の出入りが増え、手狭になってきたところから三年ほど前、根岸の笹乃雪横丁に出張所を置き、仕事はこちらで受けるようになっていた。大邸宅というわけにはいかなかったが、それでも大根畑の家よりは多少大きい。二年ほど前、大根畑を兄周三郎に譲って引っ越してきたのである。

「そうでございましたか」

とよは得心してうなずいた。

ふたたびとうに目を向ける。脳裏には小刻みに膝を揺すっている父の姿が浮かんでいた。

神田五軒町《かんだごけんちょう》にある武四郎邸でのこと——。

4

「いかがかな?」

　松浦武四郎が両手に持った平べったい石を差しだして訊ねた。石は下部が四角く、上は山形、全体がいびつな五角形になっている。一辺一辺きっちりと切りだされているわけではなく、ところどころ欠け、縁はふくらんだり、へこんだりしていた。

「仏心に篤《あつ》い暁斎師ならば、尊い御仏《みほとけ》のお姿が浮かびだして見えよう」

　武四郎が唇の両端をわずかに持ちあげ、からかうような笑みを浮かべる。

　とよは横目で父を盗み見た。口角が下がり、まぶたが半分降りた目は眠そうに見える。視線を下げた。左の膝が小刻みに上下していた。石から視線を外し、かたわらに置かれた盆の上の銚子《ちょうし》を取ると盃《さかずき》に注《つ》いだ。何もいわずに盃を取り、口元に持っていくと顔を仰《あお》向《む》け、大きく開いた口へ放りこむようにして盃を干す。

「さてさていかが」

　武四郎がくり返し、とよは差しだされた石に目をやった。周囲の形に合わせたように内側が五角形に凹《へこ》んでおり、真ん中に何やら浮き彫りにされていた。いわれてみれば、頭と首、胴に見えなくもない。

だが、御仏の姿かどうかはわからない。丸いから頭だと察しをつけるだけで顔はのっぺらぼう、冠を被《かぶ》っているようにも、髪が乗っかっているようにも見える。胴——といえるならの話だが——の左肩から右腰にかけて斜めに線が彫られているように見え、袈《け》裟《さ》か、あるいはほかの誰かを抱えていて、抱えられた方がぼんやりした像にしがみついているようにも見えた。

父はまた盃を口元に運び、酒を放りこむ。武四郎の切れ長の目が動き、とよに向けられた。

「おとよちゃんには見えるだろ。ほら、仏さんだ」

知らず知らずのうちに首をかしげ、眉と眉を寄せた。すぼめた唇が尖《とが》ってくる。目の前には緋毛氈《ひもうせん》が敷かれ、平べったい石が三つ並べてあった。

とよから見て手前二つは石の斧《おの》だと武四郎はいう。気が遠くなるほどはるか昔、人は石を叩《たた》き割って形を整え、斧にしていたらしい。斧には木の柄が縄でくくりつけられていたという。

いわれてみれば、斧の金《かね》の部分と見えなくもない。平べったく幅の広い部分が刃——石を大雑把に欠いてあるだけで何かを断ち切れそうなほど鋭利ではない——、後ろのやや幅が狭くなったところに柄をわたして十文字に縛りつけてあったが、木製の柄や縄などとっくの昔に腐ってなくなってしまい、固い石だけが残ったのだろう。

真ん中の石も斧というが、もっと形がはっきりしておらず、そこらに転がっている平べったい石にしか見えない。三つ目のやや大ぶりな石には三本の浅い溝があって、底が滑らかに平らになっていた。そこが別の石をこすり合わせた跡であり、砥石《といし》として使われた証拠だと武四郎は大威張りでいった。

そして四つ目に取りあげたのが五角形の石だ。とよの鼻先に突きつけたまま、武四郎はふたたび訊いた。

「どうだい？」

とよは首をかしげたまま、ついに唸ってしまった。眉尻を下げた武四郎が今度は父の鼻先に持っていく。

父はついにぎょろ目を剝き、じいっと見つめたあと、大口を開けて間の抜けた声を漏らした。

「ああ、あ……、あ」

大あくびである。

首を振った武四郎が御仏の姿が浮き彫りにされているという石を緋毛氈の上に戻し、立ちあがった。

武四郎は小柄であった。背は五尺に満たず、とよとさほど変わらない。その上痩せこけている。ところが、秘伝の速歩術を身につけており、若い頃から壮年期にかけては一日に二十里を歩き、鉄の脚といわれた。

武四郎が一日二十里、八十キロを歩いたという確たる証拠はない。だが、道中欠かさずつけていた日記に記された地名をたどると、日に八十キロ近く踏破できる脚力がなければ移動できない距離だとわかる。伊勢松坂の出身だが、忍びの里伊賀《いが》とは目と鼻の先にある。武四郎が体得したという速歩術もあるいは忍びの技だったかも知れない。

もう一つ、幕末期には不思議な話が残っている。

ペリーが蒸気船を含む四隻の艦隊を率いて浦賀《うらが》にやって来た嘉永六年、武四郎は宇和《うわ》島《じま》藩に依頼され、下田《しもだ》に赴いている。そのときに書いたとされる手紙の中にはペリー艦隊が日本に至るまでの経路から幕府の使者をもてなした晩餐会《ばんさんかい》のメニューまでことごとく記されていたという。

しかも潜入当初に書かれた手紙には、その日に起こったことは、四《よ》つ――午後九時くらい――にはすべてわかると豪語しているものもあった上、米艦内部の詳細な見取り図まであった。宇和島藩からの依頼というが、徳川幕府の情報担当、いわゆるお庭番とも交流していたなどとまことしやかにささやかれ、鉄の脚の持ち主にして、明治になる以前から鹿児島、長崎、そして蝦夷地を踏破したことも合わせ、武四郎が忍びの末裔《まつえい》と噂されるのも無理はない。

全国各地の知己に送られた手紙は、当時とすれば、最先端にして秘中の秘たる情報を含んでいるため、手紙を受けとった諸家では家臣たちが争うように筆写したといわれる。ところが、武四郎は速筆でならし、その上癖が強い字を書いたので、送られた側は判読に苦労させられたという逸話も残っている。

速筆は全国を旅して回っている頃からの習いであった。夕方、場合によって夜遅くに宿に入ったときには草鞋《わらじ》を解くより先に見聞した内容を立ったまま記したともいわれる。忘れないうちに一つでも多く書き残しておくため、どうしても速く書かなくてはならなかった。つまり必然が生んだ悪筆であった。

とよは訊かずにいられなかった。

「御仏の姿は見えましたか」

父は五角形の石に目をやり、口を開けて頬を掻《か》いたが、やがてぼそりと答えた。

「鰯《いわし》の頭も何とやら、だ。見ようと思えば、何にでも見える。仏でも神でも貴人でも茶臼で交わってる男と女でも」

とよはふっと息を吐き、首を振った。父のいう通りではあった。

ほどなく戻ってきた武四郎は二本の掛け軸を小脇に抱えていた。いつもなら暁斎に見せる諸物は、下働きをしている若い衆に運ばせてくるのだが、手ずから持ってきたところを見るとよほど価値の高いものに違いない。

「これは最近手に入れた六軸のうちの一つだが……」

そういって武四郎が床の間の梁《はり》に打たれた釘《くぎ》に軸をかけ、慎重な手つきで広げていった。

父の貧乏ゆすりがぴたりと止まる。

気配を感じた武四郎がふり返り、にやりとして父を見た。

「わかるか」

「雪舟《せっしゅう》の流れだ。だが、雪舟の筆ではない。弟子筋か」

「落款《らっかん》は秋月等観《しゅうげつとうかん》」

等観は薩摩の生まれで出家して、禅僧にして絵師である雪舟の門に入った室町時代の画僧である。

もう一本の軸が掲げられたとき、武四郎が振り向くより先に父はうめくようにつぶやいた。

「わが始祖……」

とよはぎょっとして父を見た。父が始祖と崇《あが》めるのは鍛冶橋《かじばし》狩野派の祖というだけでなく、狩野派すべての中興の祖である狩野守信《もりのぶ》、探幽斎《たんゆうさい》しかいない。

武四郎未亡人のとうと乙矢を横丁の表にある笹乃雪まで送り、とよは自宅に戻った。

現在、創業三百二十年の老舗、豆富《とうふ》料理『根ぎし笹乃雪』は根岸二丁目にあるが、明治時代には現在の店舗から尾竹橋通《おたけばしどお》りを北へ百五十メートルほど上がったところに所在した。そのわきが笹乃雪横丁と呼ばれる小路で奥に河鍋暁斎の終《つい》の棲家《すみか》があった。

　とよを迎えたのは、式台に立つ兄周三郎だった。

「どうしたのですか」

「待っていたんだ。今のうちに話をしておこうと思ってね。これからも客がひっきりなしに来るだろうし」

「はい」

　兄に従って玄関からまっすぐ伸びる廊下の突き当たって左にある父の書斎まで進んだ。閉じた戸の前で兄が声をかける。

「失礼いたします」

　おや、誰かいるのかととよは思った。書斎にはこれまで父が描きためた本画、下絵、絵入りの日記、蒐集した骨董品などが収められており、父に用をいいつけられたときでもないかぎり足を踏みいれることはできなかった。

　中からくぐもった声が答える。兄は立ったまま、戸を開けて入り、つづいたとよは中に入ると両膝をついて戸を閉めた。かすかな香を鼻の奥に感じる。ふり返ったとよは天井近くまで積まれた木箱の間に端座している男を見て、なるほどこの方なら一人でここにいても不思議はないと思った。

縞《しま》の着物に羽織を着けた男は面長で髪をきっちり撫でつけていた。両端の吊《つ》り上がった切れ長の目は怖くなるほど鋭い。とよより二つ年上の二十四だが、押しだしは堂々として落ち着きがあった。

鹿島清兵衛《かじませいべえ》といい、霊巌島四日市町《れいがんじまよっかいちちょう》――現在の東京都中央区新川《しんかわ》――にある酒問屋鹿嶋の八代目当主ながら、父暁斎の弟子にして、おそらくはもっとも強力な支援者《パトロン》であった。父の加減が急速に悪くなり、食事をとれなくなった数日前から清兵衛はほとんど詰めきりである。今、改めて兄とともに清兵衛の前に座ったことで、とよにはこれから何の話があるかおおよそ察しがついた。

兄がとよに向かって切りだす。

「父が亡くなって間もないというのに何だが、あらかじめお前にも確かめておこうと思ってね。父が遺《のこ》していった絵や古物についてなんだが」

やはり――とよは胸の内でつぶやきつつこっくりとうなずく。

父の様子にわずかながら変化を感じるようになったのは二年ほど前からだ。腹の具合が悪いといって食事をとらなかったり、あろうことか酒を控える夜もあった。しかし、本人に訊いても痛くも苦しくもないという。顔色を見ているかぎりそれほど深刻とも思えず、五十代も半ばを過ぎて年齢《とし》相応に躰《からだ》も傷んでいるだろうし、積年の疲れがあり、何よりこれまでの過飲が祟《たた》ったのだろうくらいに構えていて、死病の兆しなどとは誰も考えなかった。

父が胃病ではないかと口にするようになったのは今年に入ってからで、徐々に食が細くなり、酒量が落ちた。

第二回内国勧業博覧会に出品した『枯木寒鴉図』に百円の値を付け、日本橋榮太樓の主人が言い値で買った明治十四年頃から父は一日の仕事始めに観世音菩薩《かんぜおんぼさつ》と菅原道真《すがわらのみちざね》を描くのを日課としていた。どれほど深酒しようと、仕事が滞って追いつめられようと頑として変えなかった習慣の一つである。また二十代の頃より日記をつけており、これも欠かさなかった。

今年に入ってからもこの二つの習慣に変わりはなかったが、二月、三月と徐々に休む日が多くなっていた。それでもなお痛みはほとんど感じなかったらしい。体調のいい日は出かけることさえあった。

しかしながら変調は明らかだった。ある日のこと、知り合いと外出した父が上野公園の茶店で甘酒を飲み、うまいうまいと大喜びをしたと聞いた。大酒飲みの父はついぞ甘酒など口にしたことがない。

今から思えば、甘酒の一件がとよにある種の覚悟を促したのかも知れない。

父がいずれ遺品となる諸物について整理し、処理を始めたのも今年に入ってからだ。

父が遺す物品は大きく二つに分かれる。一つが自らの作品群である。絵画は本画のみならず下絵、写生帳があり、日記にも絵が入っていた。ほかにも手ずから彩色した陶磁器、木製品、能面などがあった。もう一つが多岐にわたる美術品、骨董品など蒐集物である。そうした品々のうち兄ととよに分けあたえるという物も少なくなかったが、大半を清兵衛に譲るとしていた。

ひと月ほど前のことだ。その日、父はついに布団の上で躰を起こすこともできなくなり、すぐに清兵衛が駆けつけた。顔を見るなり、父は両手で清兵衛の手を挟み、拝むように引きうけてくれと願った。

しかし、清兵衛は固辞した。

『先生は気弱になられているだけです。どうかしっかりされ、病を癒やすことだけをお考えください』

父は引き下がらなかった。

河鍋暁斎は現実主義者《リアリスト》であった。自分の作品、蒐集した美術品の数々を散逸させずに保持するには、一にも二にも必要なのは財力だと看破していた。

目の前に端座している清兵衛が斜め後ろを見やっていた。視線の先には二尺五寸、八十センチ弱の観世音像がある。それこそ美術品を持ちつづけるには財力が必要であることを父に教えたものだ。

そもそも狩野家は仏画師であり、徳川将軍家奥絵師をつとめていた。ゆえに当代最高位の絵師には法印の僧位が授けられてきた。その狩野家の権威の象徴にして守り本尊こそ、今、清兵衛が目を向けている仏像なのだ。

なぜ、そうした由緒を持つ仏像が父の書斎の奥にあるか。

室町時代末期から絵師の頂点に立ちつづけ、代々将軍家の禄《ろく》を食《は》んできた狩野家ながら、徳川幕府が滅びたあとを襲った薩長を中心とする新政権はまるで風雅を解さず、狩野家の禄を召し上げ、将軍家より拝領された土地、屋敷を没収、さらには溜《た》めこんだ金銀財宝の返納を迫った。

明治に入って収入の途を絶たれた狩野家は遺された財物を売り食いしていたが、ついに行き詰まり、本尊の観世音像に中興の祖である狩野探幽守信が描いた狂画二巻をつけて質入れするに至ったのである。明治の世となってまだ間もない頃だ。

引きうけたのは、長年狩野家に出入りしていた本郷の質屋で、いくばくかの金を用立て、像と巻物を引き取ったもののなかなか買い手はつかなかった。ようやく見つかったのが同業者で、しかも像に貼られた金箔《きんぱく》を剝がして売るのが関の山だろうからせいぜい出して十五円、しかも探幽斎の狂画絵巻二巻をおまけに付ければ、というのだ。

背に腹はかえられないと商談をまとめた日の夜、売った質屋の主の夢枕に観世音が立ち、自分の姿を醜悪にしてはならないと告げた。翌朝、目が覚めた主は売却を諦めようと決心する。そこへ飛びこんできたのが買い手の質屋主で、やはり観世音が夢枕に現れたと血相を変えている。困りはてた売り主の質屋主は、狩野派の生き残りの中では名を馳せていた暁斎のところへ相談したのである。

十五円ならばと暁斎が答えると、金は要らないので是非とも引きうけて欲しいと懇願する。承諾した暁斎は一つだけ条件をつけた。

探幽の狂画二巻をともに、と。

暁斎はリアリストである。

以来、朝に夕に香華を捧《ささ》げ、一日も欠かさず拝んでいた。

やがて清兵衛が静かにいった。

「暁斎先生とお約束いたしましたので、先生の御作もお手元におかれていた名品も私が命に替えてもお引き受けいたします」

鹿島清兵衛は慶応二年、大坂天満《てんま》の酒問屋鹿嶋の次男として生まれ、四歳で霊巌島の東京鹿嶋の養子となった。十五歳で当主となり、二十歳となった四年前、東京鹿嶋の一人娘と結婚している。ところが、夫婦仲がうまくいかなくなり、清兵衛は美術や音楽の世界にのめり込んだ。暁斎に弟子入りしたのもその頃だ。

財力ばかりではなく、絵に対する目と技量を認めればこそ、父は暁雨《きょうう》の号を授けたのだが、そのほかにもつながりがあった。酒問屋鹿嶋は探幽の直系子孫の女性と縁戚関係にあり、暁斎は清兵衛の案内でしばしば訪れ、くだんの老婦人から駿河台狩野について直接話を聞いていたのである。

暁斎は清兵衛を信頼し、その信頼に清兵衛は応え、二人の絆《きずな》は強固になっていったのであった。

「しかし、こちらの観世音像だけは手に余る」

「どうされますか」

兄が膝を進め、心配そうに清兵衛をのぞきこんだ。とよも息を詰め、清兵衛の横顔を見ていた。

清兵衛が兄妹《きょうだい》に向きなおる。

「しかるべきお寺に遷座奉って、香華の代を払い、お祀《まつ》りしていただくのがよろしいか、と。この観世音に相応《ふさわ》しい寺を探したいと存じますが、いかがでしょう」

「清兵衛さんのお考え通りに。どうかよろしくお願いいたします」

兄が丁寧に頭を下げ、とよも畳に手をついた。しかし、清兵衛は腕を組み、首をかしげた。

「暁斎先生にご満足いただけるかどうか」

「父としては暁雨であるあなたに引き受けてもらうのが本望でしょう。その暁雨の判断だ。決して不満に思うことはございますまい」

「承知しました」清兵衛が兄、そしてとよを見る。「お二方におかれてもご異存ございませんか」

兄妹はそろって頭を下げた。

「よろしくお願いいたします」

「では、早速目録作りにかかりましょう。お二方にもお力添えのほどお頼みします」

そのとき慌ただしい足音が近づいてきて、戸の向こうに膝をつく気配がした。

「暁雲《きょううん》先生」

りうが兄の号を呼びかける。

「入れ」

失礼いたしますといって入ってきたりうが兄の耳元で何かささやく。兄の表情が厳しくなったかと思うと鹿島に席を立つ無礼を詫《わ》び、とよに目を向けた。

「父に客だ。お前もいっしょに来い」

誰かしらと思いつつとよはうなずいた。

5

りうが兄に告げた来客は三人だった。兄と正対している男は羽織、袴《はかま》に威儀を正し、その左に椅子に座った異人、羽織の男の右後ろに洋装で丸メガネをかけた若い男が正座している。

三人は以前にも同じ顔ぶれでやって来たことがある。

羽織姿で腫れぼったいまぶたの下からきつい光を放つ細い目をしているのは岡倉覚三《おかくらかくぞう》、天心《てんしん》という号で有名になるのは没後のことである。異人はアーネスト・フェノロサ、明治十一年に来日し、東京開成学校、東京医学校が合同して設立して間もない東京大学で哲学、政治学、理財学――後の経済学――教授となっている。ハーバード大学で学ぶ一方、ボストン美術館付属学校で油絵とデッサンを学んだ。

建築をロンドン大学で学びつつ美術学校にも通ったコンデルが暁斎に入門し、フェノロサは狩野永悳《えいとく》に師事、永探理信《えいたんりしん》の画名を許された点では共通しているものの、コンデルが自ら筆を執ったのに対し、フェノロサが描くことはほとんどなく、岡倉とともに東京美術学校――後の東京芸術大学――の設立に奔走した。

ちなみに来日はコンデルの方が一年早い。

丸メガネの男について、とよは猿田《さるた》という姓とフェノロサの秘書のような働きをしていること以外知らなかった。

フェノロサが使っている椅子は先ほどまでコンデルが腰を下ろしていたものだが、部屋に入るなり兄が父の枕辺から遠ざけている。真上からのぞき込めないようにするためだ。とよにしてもフェノロサが父を見下ろすのは抵抗があった。兄も同じ思いだったのだろう。たとえ生前、父と面識があったとしても。

父は異人に対して偏見はなかった。だからこそコンデルの弟子入りを認めているし、大根畑の佇居にはフランス人の実業家エミール・ギメが画家フェリックス・レガメをともなって訪れている。このとき父とレガメは互いの肖像を描き、ギメがフランスの新聞に画家の決闘と題した一文を寄稿している。

岡倉が両手を畳につき、口を開いた。

「このたびはまことにご愁傷様でございました。我々といたしましても遺憾の極みであります」

去年六月、三人はそろってこの家にやって来ている。東京美術学校の教授就任を依頼するためだ。

東京美術学校は、官立の美術専門学校で文人画をのぞく伝統的な日本画を保護する目的で一昨年設立されたばかりだった。フェノロサが教え子である岡倉とともに設立を画策していたのである。初代校長は岡倉、フェノロサは副校長となった。前身は工部大学校――コンデルの勤め先だった――の付属機関として明治九年に発足した美術学校である。

元々ボストンで美術学校にも通い、素養があった上、日本美術に興味を抱いていたフェノロサは来日した直後から英語に堪能だった岡倉をともなって古寺をめぐり、収蔵されている美術品を見てまわるなどしていた。そして明治十五年、第一回内国絵画共進会の審査官を嘱託されたことでより深く日本の美術品、美術界に関わるようになった。

　同時に富国強兵を掲げる無骨、無粋な薩長新政府が伝統的美術品を海外に流出させていることに危機感を募らせた。そこで伝統的な絵画、手法を保護することを目的として美術学校の設立を画策するようになる。もっともフェノロサにまったく矛盾がなかったわけではない。その後の言動からすると危機感を募らせたのは、日本の伝統芸術が自分以外のガイジンに渡ってしまう点に、ではなかったかとも見られる。

　十九世紀の中頃から日本ブーム、いわゆるジャポニスムがヨーロッパ各国で起こっていた。そもそものきっかけは文久二年のロンドン万博といわれる。ここで日本の陶器、置物が注目され、十一年後の明治六年に開かれたウィーン万博では建物、庭園まで好評を博した。日本画、とくに浮世絵はヨーロッパの著名な画家たち、マネ、ロートレック、ドガ、ルノアール、そしてゴッホにまで影響を与えた。

　早い話、伝統ある日本画は高く売れたのである。名画を次々に海外に流出させたのは、とにかく外貨を獲得したい薩長新政府にほかならない。さすがに政府自ら動くわけにはいかず民間の団体や商社などが手先となって動いた。こうした機関の一つが龍池会《りゅうちかい》であり、フェノロサ、岡倉の支援者であったが、これも矛盾の一つといえる。伝統を守れというフェノロサ、岡倉に共鳴してみせた陰で、自分たちは日本画の名作を独占し、海外で売り飛ばしていたからだ。

ともあれ工部大学校の付属機関から脱し、美術学校として独立させることに尽力したのは間違いない。

とよはちらりとフェノロサを見やった。岡倉がくだくだしく口上を述べている間も椅子の肘かけに両肘を置き、からめた指先に見入っていた。来日してすでに十年、日本語がわからないはずもないだろうが、その態度は岡倉の言葉に意味も意義もないといっているような印象を受けた。

フェノロサ、岡倉が持ってきた美術学校教授就任という話に、とよは複雑な思いを抱いていた。最初にやって来たとき、今と同じように岡倉と猿田が両手をついて父に面し、フェノロサは後ろでやはり椅子に座っていた。

岡倉が父にいった。

『正当なる日本画の本流にして、四百年の長きにわたり本邦絵画界に君臨してきた狩野家を後世につなげるため、是非とも先生のご教授をたまわりたい』

そのときも部屋の隅にいたとよは胸の内でつぶやいたものだ。

馬鹿にしてる——。

父暁斎が最後の狩野派絵師であることは自他ともに認めるところだ。ところが、東京美術学校の設立主旨に文人画をのぞくとあるように、フェノロサ、岡倉の二人には父を軽んじるところが見受けられた。フェノロサが名前こそ出さなかったものの通俗的な戯画に手を染めている絵師を正当なる狩野派とは認めないと公言していることは、とよ、そして父の耳にも届いていた。父はこれまで当世の権力者を揶揄する狂画を数多く手がけ、また酒席で客の求めに応じて即興で筆を揮う席画を描き、頼まれれば吉原遊郭の軒先に下がる提灯《ちょうちん》にも揮毫《きごう》してきた。戯画とはこうした一連の絵画を指していた。

つまりフェノロサは河鍋暁斎を正当なる狩野派絵師とは認めていなかったのである。さらにいえば、フェノロサのみならず薩長新政府も同じような考えだったに違いない。明治天皇の住まい、いわゆる宮城の造営にあたって流派を問わず日本全国から名だたる絵師百五十名が選ばれたが、その中に暁斎の名はなかった。

またフェノロサは昔の絵画を蒐集、保護するだけでなく、今の時代に合った狩野派の絵を創りだすべく絵師狩野芳崖《ほうがい》とともに研究を行ってきた。研究とはいってもフェノロサがいう通りに芳崖が絵にしてみせてきたのである。その芳崖が去年十一月に死んだ。おそらく芳崖の寿命が尽きようとしていることを見越してフェノロサ、岡倉が父を訪れたのは察しがついた。

もう一つはっきりしていることがある。芳崖はフェノロサの指示に従って製作にあたったが、暁斎を御する力などなかった。父はフェノロサが手を出すには偉大に過ぎた。実際、戯画を描く暁斎は俗物だと公言しながら、こっそり暁斎作品を買い集めてもいたのがフェノロサという男である。

教授就任など承《う》けるはずがないというとよの思惑は見事に外れた。二度目にフェノロサたちがやって来たとき、父はあっさり承諾する。彼らが帰ったあと、父をじっと見ているとにっこり頰笑んでいったものだ。

『儂以外に狩野の絵を描ける者はいない。狩野の絵を残すためなら、儂ぁ何でもする』

暁斎の書斎のもっとも奥に祀られている狩野派の守り本尊観世音像のほか、父にとって狩野派最初の師である前村洞和愛徳《まえむらとうわあいとく》、二人目の師狩野洞白陳信《とうはくのりのぶ》の像を親しくしている能面打ちの職人に依頼して彫らせ、自ら彩色をほどこして観世音同様、朝に夕に香華を捧げ、拝んでいる。

東京美術学校教授の依頼があったのが去年六月のことだ。だが、その後、夏から秋、そして暮れへと父の体調はどんどん悪化し、年があらたまると起きあがることさえ難しくなり、ついに東京美術学校教授にはならずに逝ってしまった。

余談めくが、フェノロサ、岡倉を支援していた龍池会が名だたる日本画の数々を海外に流出させたと聞き、父は怒り狂ったが、外国人から注文があると引きうけた。

『注文があって描くんだ。問題あるまい。余所《よそ》の国の連中に本物って奴を見せてやる』

徹頭徹尾リアリストであった。

フェノロサが早口でぼそぼそといい、岡倉が一々うなずく。外国語なのでとよには何をいっているのかわからなかった。やがて岡倉が兄に向かっていった。

「暁斎先生が身罷《みまか》られたすぐあとに申しあげるのは何ですが、私どもには憂えていることがございます」

「何でございましょう」

「残念ながら直接暁斎先生の謦咳《けいがい》に接することはできなくなりましたが、先生が手がけられた作品、また先生自らが目利きをして集められた古今の逸品を拝見するだけでも我々、そして学生たちにとってはこの上もない勉強になります。今、フェノロサ先生もいわれたことですが、私も同じことを憂えております」

「だから、何を」

兄は焦《じ》れていた。

「ご無礼ながら申しあげますと拝察するにあまり暮らし向きがお楽ではないか、と。僭《せん》越《えつ》ながら私どもでお手伝いできることが多少ながらも……」

そのとき、中の間と隔てる襖が音高く開かれた。誰もがぎょっとして目を向ける。そこにはまさに赤鬼と化したコンデルが立っていた。すぐ後ろには巨漢二人——元彰義隊の小林清親と松乃家露八がいた。無腰ながら二人からは寄らば斬るの気組みが横溢《おういつ》していた。

奥の座敷に踏みこんだコンデルが唾を飛ばし、フェノロサに向かって凄《すさ》まじい勢いでまくしたてる。

「ヤイヤイヤイ、コノのっぺらぼうメ、サッキカラ黙ッテ聞イテレバ、ツケアガリヤガッテ。何ガサッサト商イヲ済マセテシマエダ、コンチクショウ。暁斎ナンゾ所詮戯画描キダト？　教養ナンゾハコレッパカリモネエダト？　先生ノ絵ガワカラネエテメエノ目ナンザァ節穴ダテンダ。コノすっとこどっこい。ヤルンナラヤロウジャネエカ、オウ。表ェ出ロィ。イヤ、モ一回独立戦争《インデペンデンス・ウオー》カラヤロウジャネエカ。エ、ドウナンダ、コノ唐変木ノ唐茄子《とうなす》野郎メ、パクパクシテネエデ何トカイッテミロッテンダ」

だが、フェノロサは目を丸くしているばかりで声すら発しない。見かねた兄が声をかけた。

「コンデルさん、あんた、日本語で喋ってるよ」

眉をぎゅっと寄せたコンデルが吐きすてる。

「ケトウの言葉じゃしまらねえ」

コンデルの啖呵《たんか》は江戸っ子の父ゆずりであった。コンデルをなだめた兄が岡倉に向きなおる。

「ご心配いただき、まことにかたじけなく存じます。しかしながらご安心ください。すべては父がきっちり遺言しております」

「ほう」岡倉が小馬鹿にしたようにあごを突き上げる。「差しつかえなくば、一つお聞かせ願えませんか」

うなずいた兄が言い放った。

「河鍋の家は私、暁斎の絵はとよ……、暁翠《きょうすい》が守れ、と」

「惜しい、実に惜しかった」

明治の世も二十二年になろうというのにいまだ丁髷《ちょんまげ》を頭のてっぺんに載せた老人が圧《お》しだすようにいい、大きな口をへの字に曲げた。榊原鍵吉、この年、五十九。いわずと知れた最後の剣豪である。榊原の前には小林と露八が座っている。三人とも膝を崩し、酒肴《しゅこう》の小鉢を三つばかり載せた丸い盆を囲んでいる。

三人には浅からぬ因縁がある。小林と露八は彰義隊に参加したが、榊原は一員としては加わらなかったものの上野に反幕府軍が押しよせるや輪王寺宮の下へ馳せ参じ、身辺の護衛をつとめた。宮が脱出するに際し、迫ってきた土佐藩士数名を斬り捨てている。寛永寺を出た宮が窮地に追いこまれたとき、宮を背負い、愛用の胴太貫《どうたぬき》を振りまわして血路を開き、泥田を駆けぬけたのが榊原なのだ。

また、明治と年号が改まってからは最後の剣豪をうたい文句に撃剣会を主催し、全国を興行してまわった。撃剣会には小林、露八ともに参加している。

榊原のわきには杖《つえ》と扇が置かれていた。廃刀令が出たのち、榊原は膝を傷めたと称して杖をつくようになった。形は木剣そっくりであったが、杖だと言い張った。また扇は一尺余の長さがあり、黒ずんだ樫《かし》でできていて開くことはできない。それでも扇だといって譲らなかった。膝を傷めているはずなのに常に杖は扇とともに腰に差していた。

その榊原が惜しいといったのは、フェノロサ、岡倉、猿田の三人がコンデルに一喝され、這々《ほうほう》の体《てい》で逃げだしたあとと聞いたからだ。

日が暮れても次から次へと客がやって来た。父の友人、知人、門人たちといずれも気心の知れた人ばかりで奥の間の襖はずっと開け放たれており、まるで酔っ払って眠ってしまった父のかたわらで酒宴がつづいているような風情であった。実際、誰もが父と酒を酌み交わしているつもりだったろう。

酒や肴が不足していないか見回っていたとよに声をかけてきた中年男がある。

「もし……」

「はい」

とよは男の前に正座した。

「お悔やみ申しあげます」

「ありがとうございます」

手をつき、深々と辞儀をして躰を起こしたとよに男が笑みを浮かべていった。

「ご立派になられて」

「恐れ入ります」
「亀有《かめあり》の杉本留吉《すぎもととめきち》でございます。先生にはすっかりご無沙汰を申しあげておりました。まさかこんなに早く逝ってしまわれるとは思いもせず、失礼なことをしてしまいました」

杉本留吉も父の弟子だが、特別な一人といってよかった。慶応元年、父は深山幽谷の景を会得するためと称して半年にわたって信州を巡ったことがある。旅らしい遠出といえば、あとにも先にもこの一度きりでしかない。そのときすべての行程をいっしょに歩いたのが目の前にいる杉本なのだ。その頃は十四、五と聞いていたのでかれこれ四十になるはずだ。

杉本とはもう一度関わりがあった。明治十三年の晩春、下総の成田不動山《なりたふどうさん》への信仰が篤い亀有の村民から奉納する絵画を描いて欲しいと依頼を受けた。その際、音頭を取ったのが杉本であった。大きさは縦五尺、幅九尺で、画題は伊予国《いよのくに》の伝説、大森彦七《おおもりひこしち》が鬼女を退治する場面、数十日で描きあげるという約束がまとまった。

「成田山の節にはご迷惑をおかけしました」

とよが手をついて頭を下げると杉本はあわてて手を振った。

「とんでもない」

注文を受けた父だったが、日々酒を飲み、今日は筆が乗らぬ、想が湧かぬといってはなかなか進まなかったのである。そのうち画室として用意された旅館の一室を抜けだしては二日、三日と帰らぬことが多くなった。人力車を呼び、自宅に帰ってきてほかの注文仕事を進めたり、王子稲荷《おうじいなり》に奉納されている同じ画題の柴田是真《しばたぜしん》による額を見に行ったのはまだいいとして、下総、常陸《ひたち》へ足を伸ばしたのは遊山以外の何ものでもない。

いつまで経《た》っても絵は一向に出来上がらず、業を煮やした村人たちが世話役を通じて催促し、互いに激高するうち大喧嘩《おおげんか》になったりもした。徐々に諦めの境地となっていった村人たちだったが、半年ほどした頃、ついに衆議一決、ほかの絵師に頼むことにした。それを聞いた父はあわてて筆を揮《ふる》い、それからひと月ほどで一気に描きあげたのである。

暁斎の速筆は、生ける伝説の域に達していた。その気になれば電光石火、いかな画題であれ、さっさと描きあげた。しかし、なかなかその気にならないのも父であった。

大酒を飲み、正体をなくしての失敗談は数多《あまた》ある。明治三年、不忍弁天境内にある料亭で催された書画会で泥酔した父が描いた一枚の絵が貴人を愚弄したとして警察に捕縛され、大番屋に放りこまれたときも、おそらく絵そのものより居合わせた政治家か高級官僚を気絶するほど罵り倒したのだろうとよは睨《にら》んでいた。

本当のところはわからないが、とにかくこの大番屋がひどかった。十畳もない板間に数十人が詰めこまれ、つねに誰のものともわからない汗ばんだ腕や背を押しつけられていた。昼間はまだいい。夜、寝るとなっても誰かと抱きあう恰好となり、寝返りを打てば水虫だらけの足の裏が口元にぺったり張りついて息が止まって目を覚ましたという。食事もひどいもので、ひと月もしないうちに父は命に関わる皮膚《じゆろう》病を患い、一度身元引受人の家に戻されている。ようやく癒えたところでふたたび入牢、翌年になってようやく釈放されたが、五十度の鞭《むち》打《う》ちを食らった。一度目で皮膚が裂け、二度目以降には血《ち》飛沫《しぶき》が散り、三度目からは骨が軋《きし》んだという。

ようやく帰宅した父は、半死半生どころか九分九厘死んでおり、それからしばらくの間起きあがることさえできなくなった。

とよと杉本の周りでも父の酒にまつわる話が出ていた。とにかく政治家、役人、文学者が嫌いで、ろくに中味もないのに偉そうにしているのを見ていると黙っていられない。素面《しらふ》ならば、不機嫌そうに沈黙しているところだが、酒が入り、これが一升を過ぎるともういけない。いきなり罵倒が始まる。

ある夜など大声で放歌している壮漢にいちゃもんをつけ、いったんは相手も詫び、その場は収まったかに見えたが、少し離れたところでまた歌をやりだしたので追いかけていって文句をつけたところ、逆上した相手が大刀を抜いたためにひれ伏して詫びを入れる破目に陥ったり、またあるときは書画会を自宅で催した富豪宅において壁に猥画《わいが》を大書しようとして止められ、口論となった上、硯《すずり》に溜まった墨を頭から浴びせたりもした。

「あのときはひどかったですよ」

少し離れたところで話している男の声が聞こえた。聞くともなしに耳をかたむけていると男がつづけた。

「群《む》れ雀《すずめ》の図を軸にしようと思いましてね、ただ雀が並んでたって面白くも何ともない。それで名だたる絵師のところを回って趣向をお話しして一羽ずつ描いてもらった」

男が挙げる絵師の名はとよも知っている大御所ばかりであった。それが三十数羽になったところでいよいよ父のところに来たという。

「ところが、先生、御酒を上がられてましてね、それはもう大酔っ払いで。出直してきますというと、描くとおっしゃる。それで差しだしたんでございますよ。その三十何羽の雀がちゅんちゅんやってる絵を。おっかなびっくりで見ておりましたよ。並んでいるのはいずれ劣らぬ有名絵師の描いた雀だ。暁斎先生、まさか、真ん中に大きく鴉でも描くんじゃあるまいな、と」

誰もが膝を乗りだして耳をそばだてている。とよ、杉本もじいっと聞き入った。

「そうしたら隅の空いているところへ筆先を持っていったんで、ああ、やれやれと思いました。先生はまず目を描かれましてね。雀ですからまん丸な目だ。そいつをぐるっと丸で囲んだと思うと、それが何と鈴です。できたとおっしゃる。これで鈴、目だって」

杉本が吹きだす。とよも口元に手をあて、ひっそりと笑った。杉本が穏やかにいった。

「信州にお供したときのことでございました。先生はもともとそれほどたくさんは召し上がらなかったんだそうでございますね。お若い頃は、一日でも三合か四合、一升を飲むようになったのは三十を過ぎた頃からでそれが毎日だとか」

「さようでございます。一升どころか多いときには二升、三升と。昼日中から夜通しということもございました」

「飲まずにはいられないのだとおっしゃってました」杉本がまっすぐにとよの目をのぞきこむ。「そのわけ、おわかりになりますか」

「さあ……、やっぱり酒が好きだったのではございませんか」

「怖かったのだそうです。画想を練る。目の前には真っ白な紙が広がっているだけにございます。何を描くか、どのように描くか、最初の一筆をどこに下ろすか……、誰にも相談できるわけじゃない。しかも自分は河鍋暁斎、狩野派だ。自分だけでなく、狩野の名までかかっている。決して穢《けが》すわけにはいかない。さてどうするかと考えているうち、一杯が二杯、二杯が三杯と重なっていく。五合超えれば、もう怖いものはない。矢でも鉄砲でも持ってこいにはなりますが、絵にはなりません」

毎日、毎日、目の前には白い紙が広がっているだけで、と杉本がくり返した声がいつまでもとよの耳に残った。

翌朝、客たちが酔った挙げ句に雑魚寝に近い恰好で寝入っている間に客がやって来た。

とよはりうを制し、自ら玄関に出た。

立っていたのは、昨日やって来た五姓田義松である。

「コンデルさんでございますね。今、声をかけてまいります」

立ちあがろうとしたとよに五姓田があわてて声をかける。

「いえ、違います」

ふたたび式台に膝をついたとよは五姓田を見た。もじもじしていた五姓田だったが、やがて意を決したように小脇にかかえた板を目の前で、開いて見せた。一枚の絵が挟んであった。

とよは息を嚥《の》んだ。

そこには目を閉じた父の顔が鉛筆で描かれていた。恐ろしいほど細密に……。

第二話

神童

五姓田義松『六面相　表情「驚き」』　神奈川県立歴史博物館蔵

1

目を瞑《つぶ》り、両手を合わせた五姓田義松は胸の内でつぶやいた。

おれ、何してるんだ？

昨日、義松は河鍋暁斎邸を訪ねた。暁斎を訪ねたのではなく、その屋敷にコンデルがいると聞いたからである。根岸の料亭笹乃雪の角を曲がり、路地の奥にあるひときわ大きな家で、河鍋という姓まで聞きながらついぞ暁斎の名は浮かんでこなかった。何とも間の抜けた話だ。

コンデルに会いたい、会わねばならぬという強迫観念のせいだ。

ところが、暁斎の名を聞き、今朝死んだばかりと知らされたとたん、コンデルが脳裏からふっ飛んだ。何も用意していなかったが、とにかくお参りさせてくださいと申し出て、手だけは合わせてきた。

河鍋暁斎の貌《かお》を間近でしげしげと眺めたのは、昨日が初めてだった。

目についたのは顎だ。口元がせり出ていて、小さな顎が下がっているように見える。

見る者によっては燕頷《えんがん》というかも知れない。虎頭《ことう》とつづけば、貴人の相という。唇がわずかに開き、せり出た前歯がのぞいていた。鼻はどっしり立派だ。患った末なのかすっかり痩せこけ、頭蓋骨《されこうべ》に白っぽくなった皮膚が張りついているように見えた。落ちくぼんだ目はもちろん閉じられている。ひたいがせり出し、剃髪《ていはつ》していた。狩野派は仏絵師で入道と称することも多いと聞いたことがあったが、生前ずっと剃髪していたものか、亡くなったあと丸めたのか知りようはなかった。ごくごく短い白髪が伸びていたので、禿《は》げているわけではなさそうだ。

白いものが混じった太い眉と目の間隔が狭かった。目尻にはしわが刻まれていた。暁斎の目がどのように動き、どのような光を帯びていたのか、一度でいいから見たかったと思った。

暁斎邸を辞し、浅草にある父の工房に帰りつくまで、どこをどう歩いたのかまるで憶《おぼ》えていない。下働きをしている女が夕食だといいに来たときにも要らんとだけ答えた。暗い部屋の真ん中に正座し、腕組みしたまま、胸底から湧きあがる得体の知れない衝動を全身で受けとめていた。

夜が更けてもうずきにも似た衝動は収まらず、心臓は激しく打っていた。ついにランプを手元に置き、火を点《つ》け、画仙紙を広げて鉛筆を手にした。目の底に焼きついたまま一向消えようとしない暁斎の面影を描《か》かずにはいられなかったからだ。高名はかねてから聞いていたし、作品はいくつか目にしてきた。

狩野派の伝統にのっとった極彩色の本画《タブロー》、酔いに任せて一瞬で描きあげた座画、枯れた山水――一人の絵師が描いたとは思えぬ多彩ぶりに驚かされ、人並み外れた技巧に何度も唸《うな》ったが、それでいて躰《からだ》が震えるほど心を動かされたことはなかった。霊前に手を合わせたいと申しでたのはそれが礼にかなうと考えたからだし、たとえ亡骸《なきがら》であったとしても一度は会っておきたかった人物ではある。

ところが、横たわる暁斎に相対した刹那、今まで見てきた作品が胸裡《きょうり》に次々あふれ、自分でもあわてたほどだ。

おれ、こんなに暁斎が好きだったっけ――。

実際には死に顔を凝視していたのだが、その実、義松は追憶の内に次々浮かびあがる暁斎画の数々を呆然《ぼうぜん》と眺めていたのである。浮かんだ言葉はひと言でしかない。

自在。

画題、筆勢ばかりではない、絵の構図、描かれた対象の表情、動きが奔放でどれも踊っているとしか言い様がなかった。

目を上げると床の間に有名な枯木寒鴉《こぼくかんあ》の軸がかかっていた。つややかな翼は左上から右下へ数本の太い線で描かれ、風切り羽は逆に右下から左上へ突きあげてある。どちらも迷いない筆致には舌を巻くしかなかった。

翼よりやや薄い墨で繊細に描かれた胴の羽毛は柔らかそうで、寒冷な大気に耐え、ふくらんでいる。胸の毛羽はかすかな風に震えているようだ。

ずばり真円の目玉は油断なく周囲を睥睨《へいげい》し、一筆で描かれた嘴《くちばし》は風に立ち、鋭く突きだしている。枯れた枝をしっかりとらえる爪も、細いながらも力強い脚もさらさら描かれている。

画面には静寂が満ち、この世にたった一羽しかいない鴉《からす》がたしかにそこには在った。

昨夜は夜が更けていくのも忘れ、画仙紙に覆いかぶさり、夢中になって鉛筆を動かしていた。目に焼きついた暁斎の面貌を紙に叩《たた》きつけずにはいられなかったのだ。

『チクショウ、チクショウ、チクショウ……』

知らず知らずのうちに低く声を発しつづけていた。まるで呪詛《じゆそ》のように……。

鉛筆を放りだし、あたかも長い間海に潜り、ついに息がつづかなくなって懸命に水を掻《か》き、水面に飛びだしてきたかのように大きな息を吐いた。全身汗まみれで激しい動悸《どうき》が躰を震わせていた。夜はすっかり明け、画仙紙には死せる暁斎の肖像が出来上がっていた。さすがに空腹をおぼえ、また暁斎邸を訪ねるにしても早朝に過ぎると思ったので朝餉《あさげ》をとった。

そう、決心していたのである。暁斎の屋敷を訪ね、鉛筆画の肖像を手向けよう、と。

いつそう決めたのか、よくわからない。深夜、ランプのそばに画仙紙を広げたときか、夢中に手を動かしている最中か、汗まみれで息を切らし、描きあげたばかりの肖像を眺めていたときか……、いずれにせよ屋敷を再訪し、肖像を差しだすことだけは決めていた。

十日前、義松は横浜に帰りついた。出港地はサンフランシスコ。そこへ行ったのは有力な支援者《パトロン》が住んでおり、仕事をもらうか、金を無心するつもりだったが、どちらも不調に終わっていた。

手を下ろし、目を開けた義松はあらためて横たわる暁斎、そして祭壇に置かれた自分の素描を見た。何度か視線を往復させるうち、まるで夢から覚めたような心地がして背中に汗が滲《にじ》む。

あわてて後ろにさがり、わきによけておいた座布団を焼香台の前に戻すと両手をつき、畳にひたいを擦《こす》りつけるようにしていった。

「昨日、今日と不躾《ぶしつけ》な真似《まね》の数々、ご無礼いたしました」

「いえ」

義松の真向かいに端座している中年男が手をついた。

「河鍋周三郎にございます。昨日は出ておりまして失礼いたしました。ご丁寧にお参りをいただき、あらためて御礼《おれい》申しあげます」

少しく話すうち、周三郎が暁斎の次男、昨日応援をしてくれた女性が長女とよだと知った。二人の後ろで椅子に腰かけているコンデルとは工部大学校美術学校の頃に数回会ったことがあった。また三人がともに暁斎の弟子であり、それぞれ周三郎には暁雲、とよには暁翠、コンデルにも暁英の号が与えられていることを知った。

コンデルがやや困惑した様子で切りだした。

「私に用がおありだと伺いましたが、実はしばらく前に工部大学校を退官しておりまして」

多少外国人特有の訛《なま》りはあるものの流暢《りゅうちょう》に日本語を操った。

ジョサイア・コンデルは明治十七年工部省との契約満了にともない、工部大学校教授を辞めている。来日して十年以上であり、日本語での会話に不自由しない。

「何か私でお役に立てることがありますか」

生真面目な顔でのぞきこむコンデルに義松はあわてて手を振った。またしても背中に汗が浮かぶ。

「実は私、少し前にサンフランシスコから帰国したばかりでございまして……、いろいろお世話になった方々にご挨拶に回っているような次第で……」

舌がもつれる。背中の汗はますますひどくなっていく。

コンデルが怪訝《けげん》そうな顔をして首をかしげた。無理もないと義松は思った。コンデルとは美術学校時代にすれ違った程度で、挨拶くらいはしたものの、ろくに言葉も交わしていない。お世話になった云々《うんぬん》といわれたところで腑《ふ》に落ちるはずがなかった。

「アメリカにいらしたのですか」

コンデルが破顔し、大きく目を見開いたが、義松は顔を伏せてしまった。

「ええ、まあ。その前はロンドンにも」

「おお」

コンデルが嘆声を漏らす。

アメリカにいたのは間違いなく、三月にサンフランシスコを出て横浜に入ったのがつい十日前だ。アメリカには約一年半、その前にはイギリスに十ヵ月滞在していた。コンデルがロンドンの出身であることは知っていた。

ロンドンの前にはおよそ六年をかけてフランス各地を巡っていた。油彩画を学ぶためであり、画家として一家を成すためだったが、必ずしも成功したとはいえない。フランス滞在の後半は借金を重ね、イギリス、アメリカと相次いで渡ったのも新たな油彩技法の習得が目的とうそぶきながら仕事を求め、さもなくば金を無心するためパトロンを訪ね歩いたに過ぎなかった。

九年前の明治十三年、義松は本場パリで絵画修行をするため、横浜港を発《た》った。国費留学はうまく調整がつかなかったので、それならばと留学費用の千三百五十円を自ら用立てた。父で画家の芳柳《ほうりゅう》とともに時代を先取りした『横浜絵』と称する洋風絵画で一世を風靡《ふうび》、売れに売れていたのである。

パリでの絵画修行も当初は順調だった。パリに到着した翌年には権威ある画家の塾に入門し、同年には日本人で初めて春の品評会《サロン》に入選、翌年、翌々年も連続で入選し、実力のほどを見せつけた。

だが、この世の春といえたのはその頃までだった。折しもパリ美術界は印象派という新たなる潮流に席巻《せっけん》されつつあった。背景には市民革命がある。それまで主役だった貴族や大商人は落ち目となり、彼らを依頼主とする端正な写実肖像はもはや古臭いとされた。義松が身につけた画法がまさにそれで、義松の絵もカビの生えた遺物と見なされたのである。

新たに主流をなしはじめた絵画は絞りだした絵の具をそのまま塗りたくっただけで、きらめく光を目にした際の印象を表現しているといわれたが、まるでぴんと来なかったし、どうしても好きになれなかった。

捲土重来《けんどちょうらい》とばかりに帰国すれば、日本では西洋画に逆風が吹き荒れ、父芳柳は凋落《ちょうらく》、ほとんど仕事がない状態であった。パリ帰りの義松にも絵を描いて欲しいという依頼は来そうもなかった。帰国後、知り合いを回っているのも挨拶もさることながら主な目的は仕事探しであり、さもなくば金策のためであった。

だが、なかなか仕事は見つからず金を貸してくれる相手もない。そうしているうちにコンデルの名を聞いた。工部大学校時代にほんのすれ違ったに過ぎなかったが、頼る相手はほとんどなく、字義通り藁《わら》にもすがる思いで自邸を訪ねたのである。そこで根岸の河鍋という家に行ったきりだといわれ、昨日、やって来たのだった。

「父とは以前からお知り合いでしたか」

そう訊《き》いてきたのは暁雲周三郎だった。言葉に詰まっている義松を見かねて助け船を出してくれたのだろう。

「いいえ」小さく首を振り、顔を上げて暁雲に目を向けた。「お名前はうかがっておりましたが、ついにお目にかかる機会はありませんでした」

暁雲は細面で切れ長の目をした美男だが、顎の辺りは父親に似ていた。目元、鼻から口元にかけては母親似なのだろう。となりにいる妹暁翠が下ぶくれの福々しい面相をしているのと大いに違った。

一方、目の光は暁翠の方がはるかに強かった。相対していると心底まで見透かされそうな目に圧倒される。暁翠の目こそ、ひょっとしたら父親譲りなのかも知れない。昨日、死に顔に手を合わせながら一度は見たかったと思った暁斎の目だ。

義松は言葉を継いだ。

「一度だけお見かけしたことがございます」

「ほう」暁雲がうなずく。「どちらで？」

「浅草です」義松は顔をしかめ、頭を掻いた。「少しばかりお恥ずかしい話なんですが、親爺《おやじ》が興行を打ちまして」

「父上が？　どのような？」

「親爺は浅草で絵描きをしておりまして、五姓田芳柳と申します」

「やはりあなたでございましたか」暁雲の顔が輝く。「昨日、お帰りになられたあと、家の者の話を聞きまして、ご名字からして、もしやとは思っていたのです、それではあなたがパリに行かれた？」

「芳柳の次男で義松といいます」

「そうでございましたか。ところで、その興行といわれるのは？」

「もうずいぶん前になります。明治七年の戌年《いぬどし》のことで。油絵の展覧をするといいまして絵を並べたのでございますが、何ぶんにもそのころは材料もなかなか手に入りにくかったものですからいろいろと……」

語尾を濁した。

「その興行に父が参ったのですね」

「ええ。私がお見かけしたのは小屋を出たところでございました。木戸口のところでうちの者ともめておりまして」

暁雲がちらりと苦笑し、かたわらに横たわる暁斎に目をやった。

「酔っておりましたか。なかなか酒癖が悪いもので、ご迷惑をかけました」

「いえいえ」義松はまたしてもあわてて顔の前で手を振った。「御酒はあがられておられなかったでしょう。少なくとも酔っておいでには見えませんでした。先生は小屋から出るなり私どもが並べた絵がいかさまだとおっしゃられたんです」

「それはまたご無礼を」

「いえ、暁斎先生のいわれた通りでございまして……。並べた絵を用意して、暗がりの中、ランプでしか見られないような仕掛けをしたのは私どもの工房でしたが、興行としては地回りのヤクザ者が仕切っておりました。ふだんは気のいい連中でございましたが、さすがに見物客が大勢いる前でいちゃもんをつけられては面子《メンツ》が立ちません。でも、先生の目に狂いはございません。ヤクザ者がぐるりと囲んだところで、本郷大根畑の河鍋暁斎だといわれまして。あまりに迫力があったものですからヤクザ者も気を呑《の》まれて、先生はゆうゆうとお帰りになりました」

そのとき義松は小屋の陰からのぞいていた。暁斎だときっぱり宣言した刹那、義松の目は暁斎の右手に吸い寄せられた。

傑作の数々を生んだ売れっ子絵師の右手を……。

「先生はそのとき女の子の手を引かれておりました。お嬢さんでもあるのか……」

そのときになって気がついた義松は暁翠に目を向けた。暁翠がまん丸な目をして見返している。

「あのときの？」

暁翠がこくりとうなずく。

「私でございます」

「ああ」

うなずきながら義松は胸の内で勘定をしていた。今から十五年前になる。

「あのときは七つでございました。小屋から出てきたところで父が絵の上ににかわを塗って光らせてあるだけだと申しまして」

「ニスといいます。まあ、にかわと似たようなものですが、洋風の絵では昔からよく使うんです。絵の上に塗ると色が褪《あ》せたり、絵が消えたりすることがありません。油絵でも年数が経《た》てば、どうしても褪色《たいしょく》するものですから」

何を説明しているのだろうと思いながら義松は喋《しゃべ》るのを止められなかった。写真が入ってきて、まだ日が浅く、そして高価であった。肖像を写真に残しておけるのはごく一部の金持ちにかぎられる。しかも写真は一年もすれば濃淡がぼやけてきて、ついには消えて白紙に戻ってしまう。

「それに写真で肖像を残そうと思えば、本人を器械の前に連れていかなくてはなりません。わが工房であれば、色が薄くなった写真でも、すでに亡くなった方でも生前の血色そのまま、生き生きとした姿を絵にできます」

暁雲、暁翠、それに暁英ことコンデルがまじまじと義松を見つめている。はっと気づいてまた頭を掻いた。一連の口上は五姓田工房が肖像画を作る際のうたい文句なのだ。止められなかった理由はそこにある。

ふと暁翠がいった。

「そういえば、一点、不思議な絵がございました」

「どのような絵でしたか」

半ば救われる思いで義松は食いついた。

「田んぼ……」

暁翠が首をかしげ、畳の一点を見つめる。みるみるうちにその目が狂気の光を帯びていくように感じられた。暁雲が焦《じ》れったそうに口を挟む。

「不思議というだけではわからんではないか」

「田んぼがあって、その向こうに低い山があって百姓家があって、左に道が描いてありました。そこを百姓に曳《ひ》かれた牛が歩いているんです。大きな尻をこちらに向けて……」

義松は動悸が激しくなるのを感じていた。

「ほかの絵と同じように暗がりの中でランプの灯を受けているのですが……」

まるで目の前にその絵があるように暁翠が目を細め、凝視する。

「そこだけ真っ昼間でございました。周りは暗いんですよ。それなのにまぶしいくらいにお天道《てんと》さんが光ってて、そのことが不思議で不思議で」

「私が……」義松は唇を嘗《な》め、声を圧《お》しだした。「描きました」

「まあ」

暁翠が目をぱちくりさせた。

それからしばらくの間、義松は三人が交互に暁斎の思い出を語るのを聞いていた。天才絵師河鍋暁斎の逸話はどれも奔放で面白く、一方、絵師としての心構えや技法、描き方などにも及び——技法に関してはなぜかコンデルが中心になって話をした——、いつまで聞いていても飽きなかったが、切り上げどきだと思った義松は膝をそろえ、背を伸ばした。

「不躾にお訪ねしながらすっかり長《なが》っ尻《ちり》をいたしました。そろそろお暇《いとま》させていただきたいと存じますが、最後にもう一つお教え願えませんか」

「何でしょう？」

暁雲が訊きかえす。

「いかにも暁斎先生という御作を拝見したいと思いまして」

「それなら……」暁雲が床の間の掛け軸に目をやった。「まずは枯木に寒鴉の図でしょうな。親爺はとどのつまりが狩野派でございました。あとは龍図でしょうか。とくに寺や神社の天井画でございますな。一気呵成《いっきかせい》、渾身《こんしん》の筆勢といわれます」

「龍の天井画というと、やはり信州の……」

「戸隠神社中堂のことをご存じですか」

「有名でございますから。しかし、少しばかり遠方に過ぎますな」

「近所にもありますよ。親爺はいくつか描いてますからね。ここら辺りだとちょっと北に行ったところのお薬師様にもございますが……」

宙をにらみ、思案を巡らす体《てい》の暁雲だったが、何か思いついたように義松に目を向けた。

「伝馬町《てんまちょう》の祖師堂がよろしゅうございましょう。その昔、牢屋敷《ろうやしき》がございまして、罪人がずいぶんと亡くなりました。その御霊《みたま》をお慰めするのに建立されたのですが、親爺にもちょっとばかり縁がありまして、ご供養になればとお引き受けしたと聞いております。戸隠の龍はかれこれ二十何年か前に描いたものですが、伝馬町のものは五年前、親爺の画業が頂点にあった頃の一作です。私なんぞ何度見ても背筋がぞっとします」

「今から拝見しに参ります。ちょうど日本橋に用がありまして、これから参ろうと思っていたところでございました」

嘘《うそ》だ。義松にはもうどこといって行くあてなどなかった。

「それはいい。それなら寛永寺に立ち寄られるといいでしょう」

そういった暁雲がちらりと暁英コンデルに目を向ける。

「コンデル先生が設計された博物館もありますからな。ついでといっては何ですが、それはそれは立派な建物で、一見の価値がございますよ」

コンデルが嬉《うれ》しそうに笑みを浮かべた。

2

ふんっ、ふんっ、ふんっ、ふんっ、ふんっ、ふんっ……。

鼻息荒く、胸突く急坂をあわてのぼってきた義松だったが、ふいに馬鹿馬鹿しくなって足を止めた。急ぐ必要など一つもないのだ。息を吐き、上着の袖で顔を拭う。上野のお山と呼ばれる高台に寛永寺はある。それだけに勾配はきつかった。

息を整えがてらふり返る。ふもとには根岸、目を上げると馴染《なじ》み深い浅草まで遠望でき、巨大な浅草寺の屋根はすぐにわかった。

玄関まで送って出た暁翠のやや困惑した面差しが脳裏に蘇《よみがえ》る。

『おかしなものだと思うんです。父が亡くなったというのに皆でお酒を飲んで大騒ぎをしている。私もその中で変に張り切っていて』

『大事な人が亡くなるとなかなか腑に落ちないものですよ。大事な人であればあるほど……。現に目の前に寝ていて、息をしていないこともすっかり冷たくなっていることもわかっているのに肚《はら》に落ちてこないものです。実は私は二十歳のときにお袋を描きましてね』

明治八年、義松は瀕死《ひんし》の床にあった母せいの姿を油彩画『老母図』にしている。絵の左下には日付が書きこまれているが、実にその翌日、せいは息を引き取っている。

せいは孟母《もうぼ》ならぬ猛母といえた。年号が慶応から明治に変わった戊辰《ぼしん》の年、当時十三歳だった義松がかねてより師事していた報道画家ワーグマンの住む横浜に移り住むことになったとき、なぜか父芳柳はぐずぐずと江戸に残ろうとした。せいはさっさと亭主に見切りをつけ、義松とともに横浜に引っ越している。義松の世話をするためだ。そのとき芳柳に後妻をもらうことを薦めたのがせいだといわれている。

芳柳に二人の妻があるのはそのためだ。

義松は家族肖像を何点か描き残している。家族だけでなく、芳柳の弟子たちが仕事をしている工房の様子も描いているが、中でも不思議な一点が芳柳と後妻豊子《とよこ》が赤ん坊の娘柳子《りゅうこ》を抱いているのに並んでせいが描かれている家族肖像だ。一家、一門の実質的な大黒柱が芳柳ではなく、せいだったことを表している。芳柳が心おきなく奇人ぶりを発揮しつつ画家として飯が食えたのも、芳柳の後妻が産んだ子供が無事に育ったのもせいの支えがあればこそに違いない。

せいが亡くなって五年後、パリに留学した義松だったが、当初こそ三年連続でサロン展に入選するなどしたもののだんだんと鳴かず飛ばずに陥り、酒と遊興におぼれるようになる。酔《よ》い痴《し》れ、遊び疲れて苦しい眠りに落ちたあと、夢の中で片隅からじっと自分を見つめる視線を感じた。顔こそはっきり見えなかったが、母せいであることはわかっていた。

うつむいている暁翠に義松はつづけて言葉をかけた。

『今は悲しんでいない、むしろ張り切っている自分がおかしいと思われるかも知れませんが、腑に落ちていないだけのことです。辛《つら》いことですが、やがて悲しさはやって来ます。ふとしたとき、今にも暁斎先生が現れそうな気がして顔を上げる。だけど先生がいらっしゃることはないのです。そのときに……』

言葉を切ると暁翠がうなずいた。

『ありがとうございます。胸のつかえが降りたような心地がします。悲しくなるのは、もう少しあとなのですね』

『四十九日過ぎとか』

互いに挨拶をして、義松は門前を離れた。

それから寛永寺に向かって歩きつづけてきたのだが、まるで追われるような速歩だった。暁翠に話をしながら、取り憑《と》かれたように暁斎の死に顔を描いた理由は亡き母を思ったからだと思いかけていたが、門前で話しているうちにそれが嘘だと気がついたからだ。とにかく一刻も早く遠ざかりたかったのは、父親譲りの暁翠の眼《め》にすべてを見透かされてしまいそうな気がしたからだ。

暁斎を描いたのは、自分が五姓田義松であることを証明したかったからにほかならない。目の前に横たわる暁斎に、床の間の鴉に圧しつぶされそうになり、いや、おれは五姓田義松だと言い張っていた。その証拠に描いてみせずにはいられなかった。

死に顔をスケッチしたこと、暁翠にわかったようなことを語ったこと、そのほか昨日から今にいたるすべての行為があまりに稚拙で卑小なことにじっとしていられなかった。急ぎ足の理由はそこにある。

おれは小さい……。

きびすを返し、ふたたび寛永寺に向かって坂を歩きだし、ほどなく線路にかかった。横浜と新橋《しんばし》の間に鉄道が開通したのは明治五年で義松が日本を発つ前だったし、欧米の主要都市には鉄道が敷かれていた。おかげでロンドンではひどい目に遭った。工業都市となっていて工場が密集、地方から原材料や労働者たちを運ぶ汽車がひっきりなしに通り、双方が吐きだす煤煙《ばいえん》で空気が曇っていた。

線路を渡りきったとき、背後を轟音《ごうおん》とともに汽車が走りぬけ、おまけに汽笛を鳴らしていった。

「ふん」

機関車《ロコモーティヴァ》など珍しくも何ともなかったが、後ろからいきなり大きな音を浴びせられれば、背中がびくりとしてしまい、驚かされたことに腹が立った。上野、熊谷《くまがや》間の鉄道が開業したのは明治十六年で義松がフランスにいる間のことだ。

うつむけた顔を歪《ゆが》めたまま木立の間を上りつづけた。鼻先から顎から汗がしたたり落ちる。右に行けば、歴代徳川将軍の宏壮《こうそう》な霊廟《れいびょう》があるはずだが、木々にさえぎられ、目にすることはできなかった。かつては義松ごときどこの馬の骨ともわからない輩《やから》が足を踏みいれられる場所ではなかったが、今は公園の一角となっていて誰もが見物できるようになっていた。

霊廟の背後の崖を下ってすぐのところに線路を敷設し、汽車がやかましく通過する際には噴きあがる煙に混じる煤《すす》が落ちてきて墓所を穢《けが》し、死者を静かに眠らせまいとするように汽笛を響かせる。そして寛永寺の敷地は公園として公開し、誰もが徳川家の霊廟を簡単にのぞけるようにしてある。

薩長新政府の連中の差し金に違いないと義松は思った。

義松が物心つく頃、すでに父は武士として生きていくことに見切りをつけ、絵師として独立することを考えていた。

父はもともと江戸詰紀州藩士《きしゅうはんし》浅田富五郎《あさだとみごろう》の子として生まれたが、幼い頃に両親が相次いで亡くなり、同じく江戸詰の佐竹《さたけ》藩士本多《ほんだ》家に養子として入った。その養父が久留米《くるめ》藩士猪飼《いかい》家に養子に入ったため、養孫となる。二十一のとき、父は猪飼家を出て久留米藩士森田《もりた》家へ入り婿して、のちの義松の母せいと結婚している。

その後、本格的に絵師を目指すため、単身森田家を離れ——すでに長男に家督を継がせていたというから確信犯的行動といえる——、仙台藩吉沢金之助《よしざわきんのすけ》の義弟となり、家を継いだ。そして明治に改元されたのを機に浅田、本多、猪飼、森田、吉沢と名乗ってきたところから五姓田という珍しい姓に改めた。

父は五つの姓への尊崇を表したとしたが、世間は五田を食い潰したと評した。

元々絵が好きだったこともあったが、本格的に絵師になろうとしたのは次から次へと養家を変わったのと同じ理由、武士では食っていけなかったからだ。それだけに義松は徳川家に恩顧を感じたことはないが、見ず知らずの人間が墓所を勝手にのぞきこめるような仕打ちは面白くなかった。

木立の間にそれは突然現れた。

義松が立っているのは、それの北東側でちょうど裏からのぞきこむような恰好《かっこう》となった。思わず下唇を噛《か》む。かつてそこには荘厳なる寛永寺本坊があって、知らず知らずのうちに浮き立つような気持ちになっていたところへ、冷水を浴びせかけられたような気がした。

赤《あか》レンガ造りの二階建て――上野博物館だ。

暁雲がコンデルの設計だといい、是非見てくるといいと勧めた建物にほかならない。博物館はよりによって寛永寺本坊があった場所に建っていた。本坊を壊し、その跡地に建てられたのだ。

つぶやきが口を突いた。

「馬鹿なことを……」

やかましい鉄道を敷き、徳川霊廟は誰ものぞけ、寛永寺本坊を壊してレンガ造りの建物にしてしまった。本坊はかつて第一回内国勧業博覧会が開催された場所であり、義松はそこで鳳紋賞《ほうもんしょう》――最高賞――を受賞している。明治十年のことだ。

そもそも上野博物館は明治十四年に開催された第二回内国勧業博覧会の美術館として建設され、会期後に博物館となったのである。すべて建築時からの計画に従っていた。この第二回の内国勧業博覧会において暁斎が『枯木寒鴉図』で妙技二等賞牌《はい》を受賞しており、そのことがコンデルが暁斎と出会うきっかけとなった。

そうした巡り合わせをこのときの義松は知らない。目を背け、のろのろとした足取りで歩きだした。

公園の真ん中を突っ切り、右手に見えた石段を降りて不忍池のほとりまで来た義松は足を止め、橋でつながれた弁天島《べんてんじま》に目をやった。池には一面青々とした蓮《はす》の葉が広がっている。しかし、景色はほとんど目に入っていなかった。

変わり目か、またしても……。

頭の中には熱い渦がぐるぐるとめぐっている。

暁斎邸のあった根岸あたりはまだ義松にも馴染みのある街並みがあった。しかし、線路を渡り、上野の山を登ったとたん、景色が一変していた。一変したとはいっても、これまた義松には馴染みのある光景ではあった。パリで、ロンドンで、サンフランシスコで目にした建物、街路を引き写したようで面白くも何ともない。

なぜ、と思わざるを得ない。

パリから逃げだし、渡ったロンドンの街角で猿回しを目にしたことがあった。イギリスにも猿回しがあるのかと驚きつつしばらく眺めていた。大道で猿に芸をさせ、見物客から金を取るのは日本と変わりない。ただし、衣装は違った。猿はイギリス紳士然とシルクハットに燕尾服《えんびふく》姿で首輪の紐《ひも》を曲芸師に握られていた。曲芸師が着ていた焦げ茶色の外套《がいとう》はところどころ穴が開き、ほつれた糸が飛びだして裾はぼろぼろになっていた。被《かぶ》っていた帽子も古く、よれよれだった。

見物客たちは大笑いし、義松も懐かしさを感じると同時に猿の仕草に何度も吹きだした。下宿に戻り、何気なく鏡をのぞいた義松は、そこにシルクハットを被り、燕尾服を着たもう一匹の猿を見た。見物客が笑っていたのは猿が不似合いな恰好をしていたからだ。鏡に映るおのが姿も……。

鉄道を敷き、汽車を走らせ、レンガで博物館を建てる。シルクハットを被り、燕尾服で気取って見せようと猿は猿だ。

たった十年で——義松が横浜を発ったのは明治十三年の夏である。

またしても変わり目と思うのには理由がある。明治十三年、一八八〇年のパリは大いなる変化のまっただ中にあった。一八七〇年七月、フランスはプロシアの挑発にまんまと乗せられ、宣戦布告した。しかしたった二ヵ月後、北部セダン地方の戦闘で敗れ、大将たる皇帝ナポレオン三世が捕虜となる。皇帝は退位し、ついでに帝政をひっくり返して共和制を導入、市民政府は何とか抗戦をつづけたが、翌年一月にはパリを占領されてしまう。

相手が悪かった。のちにドイツを統一し、鉄血宰相の異名で呼ばれるようになるビスマルクである。敗北したフランスは多額の賠償金を払い、世界でも有数の石炭産地であるアルザス・ロレーヌ地方の割譲を余儀なくされた。

だが、敗北をきっかけに共和国としての歩みが始まり、七〇年代半ばには憲法も制定され、工業化が進んだ。タイミングもよかった。一八六〇年代、アメリカの南北戦争や産業革命以降、イギリスなどが大量生産にシフトしたために起こった物価の下落などによって世界的な不況に陥っていたが、もともと農業国であるフランスはさほど痛手を受けていなかったし、七〇年代になって先進していた各国が疲弊したところにフランスの工業化が進み、間隙を埋めるように市場を広げていったのである。

そして一八八〇年、義松はパリに到着する。その頃、大いなる変化は美術界にも押しよせていた。単純にいえば、それまでパトロンの主力だった貴族階級が没落し、生活水準の上がった市民が美術品を求めるようになっていた。貴族が客であれば、画家は美しい肖像画を描き、高額の報酬を得ていればよかったが、市民にそこまでの金はない。まだ八〇年代前半はパリ美術界の権威者たちが勢力を持っていたものの、徐々に新しい美術家たちに主役の座を取って代わられる。新たな主流のひとつが印象派であり、義松が学んだ写実的な画法は隅へ追いやられようとしていた。

ロンドンの街角で見た猿回しの追憶がまるで地下茎でつながれてでもいるようにもう一つの情景――細かな細工が施されたグラスを義松に向かって差しあげる若い男の姿――を引きずり出してくる。満足に髭《ひげ》も生えそろわぬつるりとした顔をしていて、二十歳前にしか見えなかった。ひたいが丸くせり出し、深い眼窩《がんか》の底で異様に光る目をまっすぐ義松に据えている。鼻筋は高いが、口元から顎にかけては少しばかり貧弱だ。

場所はパリ。義松が渡って二年目の春先のこと、男の名はアンリ。義松の通うレオン・ボナの画塾に入ってきたばかりだった。初対面にもかかわらずアンリがいった。

『飲みに行かないか』

面食らう義松にかまわずアンリは塾を出て歩きだした。たどり着いた先がモンマルトルにある騒々しい酒場だった。それまでにもモンマルトルに来たことはあったが、アンリに連れてこられた店には初めて入った。勝手にワインとグラス二つを注文して、運ばれてくるとアンリが手ずから注いでくれ、自分のグラスを差しあげた。

義松はあわてて自分の前にあるグラスを取り、二人は乾杯した。義松はほんのひと口飲んだだけだが、アンリは飲みほし、すぐに二杯目を手酌で注いだ。グラスを手にしたアンリがまっすぐ義松の目を見る。

『びっくりか』

『わけがわからん。どうしておれを誘った？』

『おれを笑わないからだ』

それがアンリとの出会いだった。それからもたびたび飲みに誘われた。アンリはまだ十八歳、義松より九歳下だった。

二度目か、三度目に飲んだとき、アンリが秘密めかして実は伯爵家の生まれなんだとささやいた。それから胸を反らし、鼻の穴をふくらませたが、義松は平然としていた。

パリに来る二年前、お付きの画家として明治天皇に従って北陸、東海を旅してまわった経験がある。

伯爵なんぞ、ナンボのもんだという思いがあった。だから平然としていたのだが、アンリはそこも気に入ったらしかった。

アンリ・トゥールーズ・ロートレックは身長が百五十センチほどしかなかった。上半身は大人だが、十三歳、十四歳と相次いで大腿骨《だいたいこつ》を骨折し、そこで成長が止まり、成人しても腰から下は七十センチだったといわれる。両親がいとこ同士だったことが原因の一つとしてみられ、骨粗鬆症《こつそしようしよう》、骨の発育不全は遺伝的疾患だとされるが、両親だけではなく、一族が何代にもわたって近親婚をくり返していた。

なぜか――すべては家名の途絶、何より財産の散逸を恐れたからである。

義松は明治の日本人としてはそれほど大柄ではなかったがゆえに、アンリとそれほど身長が違わなかった。ほかの塾生たちが百八十センチほどある中、飛びぬけて背が低かった義松に近づいてきた理由はそこにあった。

ある夜、アンリがテーブルについた染みを指さしてにやりとした。アンリも義松もビールとワインを浴びるほど飲み、ほぼ泥酔していた。義松は笑い返し、叫ぶようにいった。

『ボナ先生のコート』

アンリがあとを引き取る。

『うんこ色がよく似合う』

塾頭レオン・ボナは写実主義の大家で一八六〇年代後半にはシュヴァリエ章、サロン賞を受賞し、フランスでは最高権威とされる芸術アカデミーのサロン審査員をつとめる、いわば保守派重鎮であったが、同時に一八八〇年代にあっては古ぼけた遺物扱いもされていた。共和制となったフランスで湧きあがった新たな芸術の波を真っ向から受けとめる立場にあった。

暗い茶褐色がボナの好みだった。教えを受けた義松は肖像画を描く際、背景をボナ好みの色で塗りつぶすことも少なくない。だが、まだ二十代の学生、反体制の空気に惹《ひ》かれるのはどうしようもなかった。

『血管の内側が痒《かゆ》い……、わかる？』

アンリの言葉はぶつ切りに発せられる。吃音《きつおん》のせいだった。

『いや』

『血が呪われているから……、掻きむしりたい……、できない……、だって血管の内側だぜ』

言葉に詰まった義松の鼻先にアンリが人差し指を突きつけた。

『お前はうまい』

『何が？』

『絵に決まってるだろ、馬鹿《イディオ》』

なぜか罵るときだけアンリはつっかえない。義松は目を見開き、アンリをまじまじと見返した。アンリが首を振る。

『でも、それだけだ』

『それだけ？』

『お前……、何が描きたい？』

目をしばたたき、追憶をふり払った義松は不忍池のほとりに戻った。何が描きたいというアンリの問いは、その後義松にまとわりついて離れなかった。神童とまで呼ばれた技量はあった。

その技量をもって何を描きたいのか……。

上野公園を出た義松は南に向かって歩きだした。車夫の曳く俥《くるま》や鉄道馬車はあったが、懐中に持ち合わせがなかった。歩くしかない。御徒町《おかちまち》の手前で左に折れ、またすぐ南へと下った。やがて神田川にぶつかり、和泉橋《いずみばし》を渡った。

対岸はもう日本橋だ。途中何度か訊《たず》ねながら伝馬町の祖師堂にたどり着いたときには午下《ひるさ》がりになっていた。山門をくぐった義松はちょうど前を通りかかった老人に声をかけた。洗いざらしの粗末な作務衣《さむえ》姿で何ヵ所もツギをあてていた。寺男だろうと思った。

「ごめんください。ご住職か、ご住職に取り次いでいただけるようなお坊さんとお話ししたいのですが」

「どのようなご用ですか」

「こちらの天井に河鍋暁斎先生が龍を描かれたと聞きまして、是非とも拝見させていただきたく参りました。何分にも初めてお訪ねしたものですから絵がどちらにあるかも知りませんで」

「どちらからいらっしゃいました？」

「え？」

訊きかえしたが、老人はじっと見返すばかりである。どこから来たとはどういう意味かと考えつつ、思わず答えていた。

「不忍池から」

「弁財天の島でしょうか」

「はい」

「お導きかの」

つぶやいた老人が歩きだす。義松は首をかしげつつ老人に従って歩きだした。

3

老人につづいて本堂に入った義松は本尊の立像前に正座し、瞑目《めいもく》して合掌したあと、天井を見上げた。なるほど龍が描かれている。全身ではなく、巨大な顔と三本のかぎ爪を開いた両腕のみが雲間からのぞいている。

「ここには徳川家治世の間、牢屋敷がございましてな」

左前にちょこなんと座った老人がいった。寂《さ》びた声に威厳を感じた。ひょっとしたら寺男などではないのかも知れないと義松は思いはじめた。

老人が目を向けてくる。

「八百屋お七の芝居は見たことがおありか」

「評判は聞いたことがありますが、見たことはありません」

こくんとうなずいた老人が本尊に目をやった。

「そのお七もこの牢屋敷に入れられておりました。かれこれ三百年も前のことですが」

八百屋お七は、天和二年師走に江戸を襲った大火を題材とした芝居だが、実在のお七はそのときの被災者だったといわれる。

本郷の八百屋の娘お七は、家を焼けだされ、避難先となった寺の小姓と恋仲になったものの、店が再建され、二人は別れなくてはならなくなった。しかし、どうにも恋の炎はおさまらない。もう一度寺小姓に会いたかったお七は自宅に放火した。このときは小火《ぼや》止まりで鎮火されている。それでも火付けは大罪、お七は捕縛され、伝馬町牢屋敷に放りこまれたあと、お裁きを受け、結局鈴ヶ森《すずがもり》で火あぶりに処されている。

お七の処刑後、井原西鶴《いはらさいかく》が先の大火とお七の放火を結びつけ、芝居に仕立て上げた。

「お七ばかりではございません。有名無名の罪人たちが入れられ、数え切れないほどたくさん亡くなりました。御一新となって牢屋敷は取り壊されましたが、さて、どんな亡霊が取り憑いているやも知れず、そんな土地など誰も買おうとはしません。まして家屋敷などとんでもない」

そこで死者たちの霊を慰めるため、寺が建立されることになったという。

「伝馬牢には暁斎翁も放りこまれております」

「えっ？」

義松が声を上げると老人が目を向けてきて不思議そうな顔をした。

「先ほど不忍池の弁財天から来たといわれませんでしたか」

「その通りですが」

「庚午《こうご》の件は、ご存じでしょう？」

決めつけられるようにいわれ、義松は首を振った。

明治三年庚午十月、不忍池弁財天前の料亭長酡亭《ちょうたてい》で催された書画会で暁斎が描いた絵が貴顕を愚弄しているとして捕縛され、伝馬町の牢屋敷に入れられている。

「本当にご存じありませんでしたか」

「はい」

「いよいよ暁斎翁のお導きですかな」

口の中でもぐもぐ経を唱え、両手をこすり合わせたあと、老人が語りだした。

祖師堂が建立されたのが明治十五年九月、翌年の十月に賑々《にぎにぎ》しく開堂式が執り行われたという。老人が本尊に視線を戻したので義松も目を向けた。本尊は座像で右手に笏《しゃく》、左手に経典を捧《ささ》げもっている。全体に煤けて真っ黒になっていながら大きく開かれた両目は鋭い光を宿していた。

「このご本尊は、古来身延山久遠寺《みのぶさんくおんじ》に安置されておった高祖日蓮大菩薩《にちれんだいぼさつ》の御姿にございます」

久遠寺は現在の山梨県南巨摩《みなみこま》郡身延町《みのぶちょう》に現存し、寺を開いた日蓮聖人《しょうにん》は高祖あるいは始祖と尊称されており、久遠寺は日蓮宗総本山となっている。今、義松が目にしている像が彫られたのは延慶三年、今から六百年近くも昔と聞いて義松は目を剝《む》き、一方でなるほど真っ黒なわけだと納得もした。

老人が天井を見上げたので義松も従った。

「古来、龍は水神といわれ、火難除《よ》けの霊験ありといわれますが、また法の雨を万民に降らせるとも言い伝えられております。天井に龍図を、という話になったとき、当代随一の絵師、暁斎翁に依頼してはという声が起こりました。この土地ともまんざらご縁のない方でもございませんし……」

老人が低く笑った。

だが、義松は息を嚥《の》み、龍の姿を見つめていた。雲間から顔を出す龍に目だけでなく、身も心も奪われていたのである。

「幸いにも暁斎翁は即座に引きうけてくださいました。ところが、心配する声も少なからずございましてな。何しろ翁は仕事を承《う》けながらなかなか描かないという評判でございました。だが、ここだけは違いました。あの絵はたった一日で描きあげられました。顔に至ってはそれこそ一気呵成で」

龍は顔を左に向けていて、太い髭は左が天、右が地を指し、大きく見開かれた右目がほぼ画の中央に来ている。八方睨《はっぽうにら》みと老人はいった。狩野派に代々伝わる骨法で、描かれた龍はどこから見上げても目が自分の方を向いているようにしか感じられない。実際、義松が改めて見入っているのは龍と目が合ったからにほかならなかった。

見ているうちに渦巻く雲が広がっていくのを感じ、何度かまばたきした。生唾を嚥んだが、それでも視線を外すことができなかった。

天井画をはみ出した雲は天井全体を覆い、さらに天空をあまねく埋めつくしていった。その雲を割って龍が顔を出している。描かれていないはずの胴が見え、尾が見えてくる。鱗《うろこ》に覆われた太い胴で今義松のいる堂宇に巻きついている様がはっきりと見えた。

口をぱくぱくさせ、あえいだが、声にはならなかった。

龍にはいくつかの種類があるとされている。蛟龍《こうりゆう》は幼き龍、変態初期の姿、応龍は翼を持ち、角があるのを虬龍《きゆうりゆう》、角がないのを螭龍《ちりゆう》もしくは雨龍《あまりよう》といい、雨を司《つかさど》るとされた。そしてこれから天に昇ろうと大地にとぐろを巻くのが蟠龍《ばんりゆう》であり、暁斎が描いたのはまさに蟠龍であった。

龍の顎の真下、右の髭が降りてくるあたりに本尊が立ち、あたかも龍が包み、護《まも》っているような堂宇全体の構図は暁斎が意図したものに違いあるまい。卓抜した演出、何より筆勢に義松は圧倒されていた。

「ほい」

老人が義松の左の肩をぽんと叩いた。目をぱちくりさせて見やると穏やかな笑みを浮かべている。

「息をしないと死にますぞ」

「はあ」

返事とともに義松はうつむき、両肩を大きく上下させてむさぼるように息を吸った。

空気が足らず肺に痛みを感じたほどだ。

「まあ、ここで往生されても困りませんがな。いつでも支度は整っておりますし、坊主もおる」

老人がからから笑う。義松はうなずきながら袖口で何度も顔を拭った。汗が吹きだすばかりでまだ声は出なかった。


押入の戸に背をあずけ、片足を投げだし、もう一方の足を曲げて腹に引きよせた義松は画室をぼんやりと眺めていた。庭に面した縁側との境にある障子は取りはらってあり、背を丸めた男女が義松に尻を向ける恰好で並んでいた。

奥の男が渡辺文三郎《わたなべぶんざぶろう》、真ん中が義松の妹たつ――その後、勇子《ゆうこ》と改名し、今は幽香《ゆうこう》の画号を使っている――、その左には紙を敷いた画板の周りに筆や筆洗、絵の具を溶いた皿が置いてあるだけで誰もいない。当たり前だ。つい先ほどまで義松自身がそこで紙を前に座り、筆を動かしていた。

急がねばならない肖像画の仕事があるのだが、どうしても気が乗らず、最初の筆を置けずにいた。ええい、ままよとばかりに好きに手を動かした。ところが、紙面に現れたのは龍だ。顔を左に向け、真ん中に据えた右眼が正面を睨んでいる図――伝馬町の祖師堂で昨日見た暁斎の龍を写したのだ。

描いている間は夢中になって手を動かしていた。溜《た》めていた息を吐きだし、背を伸ばして見下ろしたとき、記憶の中にある龍図に比べ、あまりに稚拙な筆遣いに呆《あき》れかえって紙の前を離れてしまった。

見たままを即興で絵にするのは子供の頃から得意としていた。父が絵師だったので画室のあちこちに丸めて捨てられている反古《ほご》があった。二、三歳の頃から義松はそれを広げては裏側や余白に筆で落書きをして遊んだ。

そのうち父がその場で手本を描いてくれたり、手直しをしてくれた。絵を学んだという思いはない。ただの遊びだ。自分の目で見た事物を見た通りに描くだけのことで周りから感心されると嬉しかったが、幼いながらも義松には見たままを描けないことの方が不思議でしようがなかった。

それで困ったこともあった。どうやって描けばいいのかと訊かれたときだ。義松にすれば見たままを描くだけで、それが当たり前、むしろ描けないという方が不思議で、そこには何の理屈もない。

ほら、と描いてみせると相手はたいていいやな顔をした。いやな顔をされても困ると思ったものだ。

たつの亭主、渡辺は父芳柳の弟子で、工房の職人でもあった。絵はたつの方がはるかにうまい。妹の絵を見て、時おりおれよりうまいと感じる。

また、おかしなことをやってやがる……。

肚の底でつぶやく。たつは目の前に小さな鏡台を置いていた。義松が腰を下ろしているのはたつの左後ろで、鏡には渡辺の腰の辺りが映っていた。誰かを描こうとするとき、たつは鏡に映し、鏡に映ったままを絵にした。見たままに描くという点では兄妹《きょうだい》そろって同じで、見たままを描けない道理がわからないという義松を唯一理解してくれる相手でもあった。だが、誰かを描くとき、鏡を使うたつの了見が義松にはわからない。

『だって恥ずかしいじゃないか』

直接見るのが、である。

描かれている相手が鏡を見れば、目が合うのだから同じことだと思うのだが、たつには違うらしい。父が絵を描いている姿を活写したことがあるけれど、やはり鏡越しだったので筆を左手に持っている。もちろん父は左利きではない。

洋風絵画による肖像を売り物にした父芳柳は、義松がフランスに渡る前まではそれは大変な人気で商売は大繁盛していた。

芳柳は十七歳のとき、絵師になろうと発心して五年をかけて諸国を遊学したと聞いたことがある。そして二十歳のとき、長崎に至って油彩画を目にした。これこそ次代の絵だと確信したのだが、いかんせんまだ嘉永期である。江戸に戻り、まずは狩野派樋口探《ひぐちたん》月《げつ》に入門している。修行すること三年、狩野派の技法、影をぼかし、描線を描かない暈《うん》染法《ぜんほう》を用いていつか長崎で見た油彩画を再現する独自の技法を会得、新派と称して独立したのである。

万延元年になって横浜へ通うようになり、西洋人との交流が始まって身近に油彩画を見る機会を得た。暈染法で油彩画風に描き、横浜絵と称して制作、販売するようになるのはこの後である。当時の横浜の風景、風俗も描けば、肖像も手がけ、横浜在住の西洋人相手に飛ぶように売れた。

ぼんやり考えごとをしていると当の芳柳が縁側の端に現れ、渡辺、次いでたつの手元に目を注いだ。

明治初期には横浜に工房をかまえていた芳柳だったが、明治六年、浅草に移転し、九年後には肖像画を専門に請け負う光彩社《こうさいしゃ》の看板を揚げている。そして明治十八年には芳柳の名を末娘の夫に譲り、自らは柳翁と称するようになっていた。二世芳柳はかつて義松に油彩画を学んだ弟子で、九歳年下だった。芳柳の名を継ぐ前の一年間、新潟県で三つの学校を掛け持ちで画学教師をしていたという。

芳柳襲名は義松が帰国する四年前のことだが、襲名と同時に五姓田の家督も継いだ。義松に不満はない。教師をしていただけに人を指導することに長《た》けていたし、かつての弟子だから技量が確かなこともわかっている。他人に手ほどきをするのが苦手な義松には都合がよかった。

義松は押入の戸にだらしなくもたれかかったまま、父を見ていた。ひたいは頭頂近くまで禿げあがっていたが、後頭部の見事なまでの銀髪はいまだたっぷりで髷《まげ》風にまとめてあった。顔の下半分を覆い、鳩尾《みぞおち》あたりまで伸ばした髭もまた真っ白だ。きちんと羽織、袴《はかま》を着けているところを見ると、これから出かけるのかも知れない。

丸いメガネの奥の目が動き、義松が描きかけて放りだした龍図に向けられた。表情はまるで変わらない。しばらくして目を上げ、義松に向ける。

その目、変わらないな――義松は胸の内でつぶやいた。

反古の裏への落書きを眺めて手ほどきしてくれたときや、十二歳の折、ともに横浜から東海道を西へ旅していたときに床屋へ連れていってくれたとき、フランスに行きたいといい出したとき……、父は今と同じように穏やかな目で義松を見ていた。今また大事な仕事を放りだして龍を描いても眼差《まなざ》しに変わりはなかった。

父子はわずかの間見つめ合ったが、やがて父はくるりと背を向け、歩き去った。

ほどなくしてどたどたと足音が響いたかと思うと、恰幅《かっぷく》のいい男が現れた。たつと文三郎を見て目を細め、笑みを浮かべる。

「ええね、夫婦《めおと》で絵ぇ描いてる姿っちゅうもんは」

「仕事でございますから」

たつの声にはかすかな棘《とげ》がふくまれている。もっともその棘は後ろ向きに伸び、仕事を投げだしてぼんやり座っている義松に突き刺さる。

恰幅のいい男――山本芳翠《やまもとほうすい》が義松に向かって手を挙げた。直後、芳翠の後ろに巻き毛で白鬚《しらひげ》の男が現れる。

「今日は珍しい御仁を連れてきよったで。手ぇ空いてるんなら、そこらでどじょうでもどや？」

「ああ」

曖昧に返事をした義松は頭を掻いたあと、のろのろと立ちあがる。巻き毛に白鬚の男は芳翠の後ろを通り、義松が描きかけた龍図をのぞき込み、顔を上げるとひと言だけいった。

「狩野派だな」

男は岸田吟香《きしだぎんこう》といい、芳翠を通じて以前から顔見知りだった。

恰幅のいい芳翠はやはり健啖家《けんたんか》で次から次へとどじょうを口に運び、酒で流しこんだ。岸田はちびちびと飲んでいる。義松はたまに鍋に箸を伸ばしたが、もっぱら手酌で飲んでいた。

まだ陽《ひ》があるせいか、どじょう屋は空《す》いていて、三人は庭に面した席につくことができた。白木の板に七輪、浅く丸い鉄鍋にとぐろを巻くように敷きつめられたどじょうの群れが割り下で煮られている。そこに大量のネギを載せ、小皿に取って七味をさっと振り、熱々を口に入れる。口の中でほろりと崩れ滋味が広がる。骨まで柔らかい。

盃《さかずき》を口元に持っていった芳翠が身を乗りだし、圧し殺した声でいった。

「十月に決めたで」

義松は芳翠を見返し、どじょうを噛んでいた。気にする様子もなく、芳翠があとをつづける。

「二百……、いやいや三百は集まるやろ」

明治初期、文明開化の掛け声のもとで洋風絵画が大いにもてはやされた。父がまだ芳柳だった頃、横浜で商売を起ち上げて評判を呼び、その後、東京に戻って浅草で油絵見世物興行を打ち、さらに評判が評判を呼んで天皇行幸に義松が随行する栄誉を得た。

明治十年代に入り、ますます評判の高くなった工房において、義松は父と並んで人気のある売れっ子画家になっていた。毎晩のように徹夜仕事で、画仙紙を前にしたまま失神するようにうたた寝し、目を開け、首を振って筆を執る日々がつづいたが、絵を描いているだけで大金が転がりこむのだから苦しいどころか嬉しくてしようがなかった。

フランスに行っている間に日本は大きく変わった。

その一つが急激な文明開化に反発して巻き起こった国粋主義であり、洋風絵画も槍玉《やりだま》に上がった。いわく西洋人の猿真似など無意味どころか有害で、日本古来の画法にのっとった絵画こそ大いに広められるべきとされたのである。父の肖像画商売がうまくいかなくなったもう一つの背景に写真技術が長足に進歩し、撮影料が安くなったことがある。

写真の普及はともかくとして、国粋主義を喧伝《けんでん》している連中の後ろには海外で高く売れる日本画を増産させようという商売人たちがいて、さまざまに画策していることは透けて見えていた。それでも絵師たちに新たに描かせて売ろうというのはまだいいとして、食うに困った武家が売りに出した名品の数々をこっそり売り飛ばしてもいたのだ。

何より洋画家たちを激怒させたのは、工部美術学校——義松と芳翠も一時籍を置いていたが、どちらも尊大なイタリア人御雇《おやとい》教師に腹を据えかね、半年で退学している——が発展的に解体され、初の国立教育機関の東京美術学校として新たに発足することになったのだが、国粋主義者の反発を恐れ、西洋画科が設けられなかった点だ。

東京美術学校の設立がまさにこのとき、明治二十二年である。反発した洋画家たちは明治美術会を起ちあげるが、中心メンバーの一人が山本芳翠であった。二百や三百と豪語する芳翠だったが、参集した画家は結局八十名、それでも当時の洋画家のほとんどを網羅していた。

明治美術会が主催する初の展覧会を十月、今から半年後に行うと芳翠はいうのである。

「あんたも?」

訊ねる芳翠に義松は深くうなずいた。

「もちろん」

手ずから酒を注いでいた岸田がぽつりといった。

「狩野派を学ぶつもりか」

描きかけで放りだしてあった龍図をしげしげと眺めていた岸田の姿が蘇る。義松は酒を口に放りこみ、盃を空にして首を振った。

「あれは落書きだ」

岸田はこのとき五十六歳、義松より二十以上も年上だったが、義松のぞんざいな口振りを咎《とが》める様子はなかった。髪の癖が強く、ひたいの真ん中で白くなった前髪がくるりと輪を描いている。芳翠に紹介されたのだが、新聞記者であり、売薬業を営み、若者の教育にも熱心だが、とどのつまり何者か儂《わし》にもわからんといったあと、金だけはたんまり持ってると付けくわえた。

「小生は今日、暁斎翁の葬式に参列してね」

岸田がぽつりといい、盃を空けてから話しはじめた。

4

「葬列の先頭には、そう……」

岸田が宙に目をやり、じっと見つめる。

「五十人ばかりだな。印半纏《しるしばんてん》を羽織って、きっちりと帯を締めた職人たちがいた。屋号には大工や植木屋、鳶《とび》などが多かったが、おそらく元々が火消しだろう」

木遣《きや》りだと義松にはすぐにわかった。

関東では出棺の際、職人たちが葬送の木遣りを行うのが習わしだ。先導が最初に長く伸びる声を発し、二人目に代わり、やがて全員で唱和する。荘厳だが、哀愁を帯びた響きが耳に蘇るような気がした。

岐阜の生まれで京都で学んだ芳翠はまるで関心がないらしい。一向箸を止めようとせず、煮上がったどじょうをつまみあげては口に運び、酒で流しこんでいた。

ふと思った。店の入口わきには高さ一尺、直径二尺ほどの桶《おけ》が山の形になるように積みかさねてあり、井戸の水を掛け流していた。一つの桶には何十、ひょっとしたら百匹を超えるどじょうが蠢《うごめ》いていた。泥を吐かせるためだ。

日本大好きなアンリにどじょうを食べさせれば、やっぱりうまいというだろうか。たとえ玄関先でにゅるにゅる泳ぐ料理前のどじょうの大群を目にしたあとでも……。

芳翠に頓着する様子もなく岸田がつづける。

「職人衆のあとはきんきらの袈裟《けさ》をつけた坊主たちだ。五人、いや、六人はおったか。香炉を左右にゆっくり振る若い坊主を二人従えてな。そのあとに位牌を抱えた暁雲氏がつづいて……」

一昨日、暁斎邸で会った端整な顔立ちの息子を思いだした。暁雲という画号に憶えがあったが、名を思いだせなかった。

何といったっけ……。

「暁雲氏の後ろに暁斎翁の棺桶がつづくんだが、その前を歩く護衛役が凄《すご》かった。きっちり髷を結い、月代《さかやき》を剃《そ》った武士が三人、両刀を手挟んでおったからおそらく警察にも根回しはしたんだろう。まさか竹光《たけみつ》じゃ様になるまい」

岸田の話を聞きながらも義松はどじょうを前にするアンリの姿を脳裏で弄んでいた。日本古来の大ご馳走《ちそう》だといえば、少々我慢してでも口に入れるだろう。もっともアンリが箸を使うのを見たことがない。

フォークで突き刺すのかなと思いかけたとき、岸田がやや声を張った。

「何が凄いか」

目をやるとまっすぐに義松を見ている。まばたきすると岸田はにやりとした。

「三人の内、真ん中で先頭に立っていたのが榊原鍵吉だった。左右に従う武士たちも名の通った剣客だろうが、榊原鍵吉相手ではどうしたって見劣りする。知っているか、榊原を？」

「撃剣会で見かけた。浅草でも興行を打ってたから」

そう答えたとたん、岸田がしぶい顔をする。

「榊原の剣は本物、見世物などではない、といいたいところだが、身過ぎ世過ぎのためとはいえ、興行をしていたのもまた事実《まこと》ではある」

なおも岸田の話はつづいた。棺桶のうしろには親族やら門人、出入りの商人たちがぞろぞろつながり、その数は二百にも達したという。門人の中にはコンデルもいただろう。ひときわ背が高く、茶色の髪に白皙《はくせき》の顔立ちはいやでも衆目を集めたに違いない。それにふくよかな顔立ちで、女にしては大柄な暁翠も……。

「暁斎師は大柄だったんだろうか」

ふと口を突いた暁斎師という呼び方に義松自身、ぎょっとした。岸田も怪訝そうな顔をしている。問いがあまりに唐突だったせいかも知れない。芳翠が一瞬箸を止め、義松を見た。岸田も芳翠もともに大柄、はっきりいってデブだ。

義松は首を振った。

「いや、いい。ちょっと気になっただけだ」

芳翠はふたたびどじょうを口に運び、岸田が話をつづける。

葬列は根岸の屋敷を出て、上野を回り、谷中に入ったという。ひょっとしたら一昨日、自分が歩いたのと同じところで線路を渡ったのかも知れない。汽笛に驚いたのでなければいいが、と思う。背中からどやしつけられ、むかっ腹をたてた義松は死人も目を覚ますと毒づいた。

急坂を登り切ったところで義松はまっすぐ進み、博物館の裏へ出たが、葬列は徳川将軍家御廟前を通ったのだろう。狩野派といえば、将軍家御用達《ごようたし》だけに挨拶をしていったのかも知れない。

一行は瑞輪寺正行院《しょうぎょういん》において読経、焼香を済ませ、寺の墓地に埋葬したという。

「ああ、食うた食うた」

芳翠が太鼓腹をぽんぽんと叩き、大声でいう。岸田が眉をひそめた。

「小生がどじょうといったとき、あんな泥臭いものをありがたがるのは田舎者だけだといったのはお主だろうが」

芳翠は健啖家であるだけでなく、美食家であり、手先も器用で自ら料理もした。パリに留学していた学生たちは日本の味が恋しくなると芳翠の下宿に押しかけ、ご馳走になったものだ。もちろん義松もその一人だった。

とぼけた顔で芳翠が首をかしげる。

「そうやったかなぁ」

「さんざっぱら小生を笑っておきながらほとんど平らげたのはお主ではないか」

「うん」

空っぽになった鉄鍋に目をやった芳翠がしばらく眺めたあと、ぽつりといった。

「たまに食うとなかなかうまい」

岸田が勘定をしに帳場に立ち寄り、その間、芳翠と義松は玄関先で待つことにした。掛け流しの音に時おり水音が混じるのはどじょうがはねているのかも知れない。

「半年後やで、忘れんといてや」

「わかってる」

「どんな絵を出品するつもりや？」

「わからん」義松は首を振った。「わからんが、絵なら売るほどある」

「売るいうても売れへんやろが」

きっと睨むと芳翠が義松の二の腕をぽんと叩いた。

「戯《ざ》れ言《ごと》や。そないに怖い顔せんかてええやないか」

表情が引き締まる。

「今、負けるわけにはいかん。何がわが国伝統の技芸や。そないに大事やったらちゃんと仕舞《しも》うとけいうんや。連中の肚は見え透いとる」

連中がフェノロサと岡倉覚三を指すのはわかっていた。その二人を支援しているのが龍池会だ。龍池会には政界、財界のお歴々が名を連ね、商社がいくつも入っていて、そいつらが日本画を欧米に持っていっては売り飛ばしているのも承知していた。掛け軸、屏風《びょうぶ》はもとより二束三文どころか反古同然だった浮世絵まで結構な値で売りさばいていた。

芸術の都パリには目利きが多い。同時に流行のジャポネというだけでありがたがる連中も少なくない。

「所詮、あいつらは銭のことしか気にしとらん。何が国を富ませるや。連中の肚はわかっとる。私腹肥やすことばっかりや。こないな案配にな」

芳翠が太鼓腹をぽんと叩いて笑った。芳翠は父の弟子で年齢では五つ上、それにパリでは何かと世話をしてくれたが、芳柳門下では義松の方が兄弟子であり、かれこれ十二、三年の付き合いになる。互いにざっくばらんな物言いをした。

「あんたが展覧会のために何を描くつもりかはわからんが……」

芳翠のひと言に心臓が蹴つまずく。何を描くつもりか、それこそ義松自身答えを出しかねている問いなのだ。

「まあ、大船に乗ったつもりでおりなはれ。今、儂が頼りにできるんはあんた一人やが、あと少ししたら黒田《くろだ》が帰ってくる。黒田が戻ってきたら何《なん》もかも任せて、儂は引退や。そのあとはあんたと黒田、二人して日本の西洋画界を引っぱってってくれたらええ」

黒田と聞いて、義松はそっぽを向き、思いきり顔をしかめた。パリにいた頃、二、三度会ったことがある。ボナの画塾を訪ねてきたこともあった。黒田清輝《きよてる》という男だ。法律の勉強をするためにパリに来たというが、芳翠が絵の才能があるとたいそう持ちあげていた。義松にしてみれば、偉そうにふんぞり返っている小太りの男という記憶しかない。

一枚も描いていないくせに……。

ほどなく岸田が出てきたので、義松は二人に別れの挨拶をして工房に向かって歩きだした。

脹《ふく》ら脛《はぎ》が怠《たる》かった。思いのほか酒を過ごしたようだ。戸締まりをして草履《わらじ》を脱ぎ、家に入った義松は癖の強い頭髪に指を突っこんでぼりぼり掻いた。暗い階段を見上げる。二階は暗く、静まりかえっていた。

工房は朝が早い。よほど仕事がたてこんでいないかぎり——てんてこ舞いとか大車輪とかいう言葉は久しく聞いていない——夜明けとともに仕事を始め、日が暮れると片づけてしまう。ランプの灯では細かい線がよく見えなかったし、色にいたってはまるでわからない。ゆえに床に入るのも早くなる。

龍の落書きや絵の道具を並べたまま、芳翠たちと出かけた。たつが片づけてくれているとは思ったが、画室をのぞいてみることにした。どじょう屋で聞いた話が胸の奥で熱い渦を巻いている。床に就いたところで寝つけないのはわかっていた。

画室につづく縁側まで来て、義松は顔をしかめた。

よく晴れて、穏やかな春の宵だったので雨戸は閉めていない。だが、画室の障子戸までが開けはなたれている。奥に並べた義松の道具や月光を受けて白く輝く画仙紙の上端がのぞいていた。

「大した手間じゃねえだろ」

口の中でぶつぶついいながら進んだとき、どきりとして足を止めた。画仙紙を前に父が端座し、腕を組んでいたからだ。父は義松が描きかけて放りだしていった龍を見ていた。玄関の引き戸を開けたときから義松のたてた物音はすべて聞こえているはずだ。家は静まりかえっている。

義松は画仙紙のわずか手前に膝をそろえて座った。

「ただいま帰りました。山本芳翠がまいりまして、それで……」

「たつから聞いた。岸田を連れてきたようだな」

父はまだ羽織、袴を着けたままだ。

「はい」

「美術会の話か」

「そうです。十月には展覧会をやるので私にも出品しろとのことでした」

父はうなずいただけでそれ以上は何も訊こうとせず、相変わらず描きかけの龍を見つめている。メガネが鼻の半ばまでずり下がっているので皺《しわ》だらけのまぶたと目がのぞいていた。ふだんは穏やかな光をたたえるまなこだが、絵を前にすると一変する。炯々《けいけい》爛々《らんらん》と輝き、視線がきつくなる。その目をしたときにはたとえ自分に向けられていても父自身がどこか別の世界からこちらを眺めているような気がする。

まばたきし、眉を上下させた父が顔をあげたときには、いつもの穏やかさを取りもどしていた。

「どこで見た？」

「伝馬町の祖師堂で。天井画でございました」

「誰が？」

「河鍋暁斎」

「なるほど」父はふたたび龍に目を落とした。「八方睨みの図、狩野の骨法……、暁斎なら本物だ」

絵であれ、景色であれ、魅入られると写さずにはいられない義松の性癖を誰よりも知り抜いているのが父だ。絵も本物にかぎられる。パリにいた頃、美術館に足繁《あししげ》く通い、模写をしては売りさばいていた。生活の資としていたのは事実だが、それ以上に衝動があった。写さずにはいられなかった。絵を見れば描けると思う。景色を見れば、一幅の絵となって浮かぶ。想念は義松に取り憑《とつ》いて離れず、逃れるには描いてしまうしかない。

父は二十二歳で樋口探月に入門、狩野派を学んでいる。それより以前、長崎で西洋画

5

五月も半ばとなれば、晴れると暑くなってきた。午下がり、画室でやっつけ仕事をしていた義松を訪ねて客が来た。

応接に使っている玄関横の一室で堅苦しい背広姿でネクタイを締めた中年男が座卓を前にかしこまっていた。左後ろに白絣《しろがすり》、木綿の紺袴を着けたいかにも書生といった恰好の若い男が控えている。書生のわきには大きな四角い風呂敷包みが置いてあったが、義松はちらりと見やっただけで中年男の向かい側に腰を下ろした。

「五姓田です。このような恰好で失礼する」

一礼した。くたびれた浴衣に兵児帯《へこおび》を巻いている。何しろ暑くてたまらなかった。

「いえ、こちらこそ先生のお仕事中に不躾にお訪ねいたしました。私、こういうものでございます」

幅一寸ほどの紙片を両手で差しだしてくる。萬世《ばんせい》商事会社とあり、住所、代表として氏名が印刷されていた。名刺《ラ・カルト》を使う日本人はまだ珍しかった。義松は手を出さずに読んだ。

「猿田彦《さるたひこ》、也《なり》さんか……、これは神々しい」

「切るところが違います。猿田、彦也《ひこや》でございます」

猿田がいささかむっとしたような顔になると、くさくさしていた気持ちがほんのわずか晴れた。後ろに控える書生が素早く唇を結んだかと思うと下を向いた。ひたいまで真っ赤になっている。吹きだしそうになるのをこらえたのだろう。義松の視線に気づいた猿田がさっとふり返ったときには顔を上げ、平然としていた。

猿田が向きなおったときには、義松は膝を崩してあぐらをかき、襟をつかんでばさばさやり、懐に風を入れていた。

「お暑うございますからな」

猿田がいうのに平然とうなずく。

「たしかに」

「かねてより先生のご高名はうかがっております。内国勧業博覧会で鳳紋賞を受賞されて、フランスはパリィに渡られ、あちらでも三年連続でサロン・ド・パリィに入選された」

何がパリィか、気取りやがって……。

ぐいと顔を近づけてきた猿田が声を低くする。

「その前には畏れ多きところのお付き画家をつとめられたそうでございますな」

明治天皇の行幸に従ったことをいっている。

猿田は丸メガネをかけ、前髪を斜めに撫《な》でつけている。縦縞《たてじま》の背広に同じ柄のチョッキを重ね、斜めに縞が入った太いネクタイで白のウィングカラーを締めあげていた。顔全体に汗の粒が浮かんでいた。

髪を固める油に混ざった濃厚な香料とともに体温がむっと押しよせ、まとわりついてくるような気がする。義松は身を引いた。猿田は澄ました顔で元の位置に戻る。

「ときに先生は山田浅右衛門《やまだあさえもん》の名を耳にされたことがおありでしょうか」

「知らん」

にべもない義松の返事に猿田が瞬時いやな顔をしたが、すぐに口元に笑みを浮かべた。狡《ずる》そうな顔だと義松は思ったが、もちろん口にはしなかった。

「首斬り浅右衛門なら？」

義松は首を振り、ついでにあくびまでしてみせた。まるで関心がなかったが、猿田の口を止めることはできなかった。

「まだ徳川の御代でございましたが、山田浅右衛門は小塚《こづか》っ原《ぱら》において斬首の役目に就いておりました。ご存じですか、首斬り役は将軍家腰物奉行支配ということになってお りますが、役目が役目でございますから、その辺りをはばかったのでございましょう。浅右衛門は扶持《ふち》に預かることなく、あくまでも浪人でございました」

首筋を掻きながらもう一度あくびをし、懐に手を入れて胸まで引っ掻いてみせたが、猿田の長広舌を止めることはできなかった。

御公儀《おかみ》の扶持は受けなかったものの大変な金持ちだったと猿田がつづける。刑場から下げ渡された罪人の遺骸から肝、脳、胆嚢《たんのう》、胆汁を抜き、それらを原料として労咳《ろうがい》、のちにいう肺結核の妙薬として売りまくったからだ。

「それだけではございません。もっと大きな儲け口があったのでございますよ。何だと思います?」

「見当もつかん」

義松はついに左の小指で鼻をほじりはじめた。

一段と声を低くした猿田が秘事を告げるようにいう。

「試し斬りです。何しろ徳川三百年、誰も人など斬ったことはございません」

「辻斬《つじぎ》りはあっただろ。天下の名刀を手に入れれば、試してみたくなるのが人情だ」

「そう」猿田が破顔する。「そこでございます。首斬り浅右衛門ならば、天下御免で人を斬れる。人といっても首を落としたあとの胴ですから生きておりませんが、斬首した罪人が多いときには二人重ねて二つ胴、三人重ねて三つ胴などと称して斬っておりました。天下の名刀なれば、すっぱりと斬れるわけです。しかし、そんなことはしておりません」

「へえ」

「代々伝わってきた名刀でございます。なぜに二百年、三百年と長らえてきたか」

「使わなかったから」

「使えなかったのでございます。何しろ一振りで屋敷の二つや三つ楽に建つという値がついております。万に一つ刃こぼれでもすれば、それはえらいことで。だから使えなかった。そこで浅右衛門にございますよ」

どうだといわんばかりに猿田がのぞきこんでくる。義松は小指の先についた鼻くそを丸めはじめた。なかなか大きなのが取れたので気持ちがいい。

「天下御免で二つ胴を一刀両断にできるものは浅右衛門をのぞいてほかにはございません。どれほど名のある刀でも見栄えばかりで斬れないのでは偽物でございます。しかし、刃に傷をつけるわけにはいかない。だから浅右衛門は斬らずに斬ったことにして村正《むらまさ》だ虎徹《こてつ》だと書き付けを作った。見事重ね胴を真っ二つにしながら刀身には髪の毛一筋ほどの傷もつかなかった。古《いにしえ》の名匠が鍛えただけの業物ではある、と」

「いかさまか」義松は目を細め、猿田を見た。「何がいいたい?」

「肝心なのは浅右衛門の書状なんです。使いもしない刀なんぞ誰もありがたがらない。御台所が手詰まりならば、先祖伝来の名刀を泣く泣く手放す、と。ついては浅右衛門の書状さえあれば、十両が百両、千両にもなります。それゆえ浅右衛門にはその半分が礼金として支払われたということでございます」

猿田が書生をふり返る。

「おい、先生にご覧いただくんだ」

「は」

書生が風呂敷を解き、まずは木製の画架《イーゼル》を取りだし、脚を広げて立てた。二尺に一尺半ほどの分厚い板を縛りつけていた紐をほどき、中から額を取りだしてイーゼルに置いた。縦長の絵には女の胸から上が描かれている。

ラ・ベル・フェロニエール――。

タイトルはすぐに浮かんだ。同時にルーブル美術館《ミユゼ・ドウ・ルーブル》の静謐《せいひつ》な空気、そしてかたわらに立つアンリが……。

一瞬にして猿田が遠くなる。まだ喚《わめ》きたてていた。浅右衛門の話をしていたときより早口で声も高くなっている。

「こちらはビンチ村なる田舎出の絵師でレオナルドなる者が描きし絵画で……」

パリにいた頃、義松はアンリと並んでこの女の肖像画を眺めていた。アンリがぽつりといった。

『レオナルドの呪縛《ルソート・デ・レオナード》』

また父が何日か前にいった輪郭線を消すという話を思いだした。レオナルド・ダ・ヴィンチこそ、まったく輪郭を描かず光と影だけで対象を描いた唯一無二の画家なのだ。

誰もがレオナルドを超えようとして超えられず、今なお至高の画家として君臨している。その超えられない一線をアンリ・ロートレックは呪縛といった。

「こちらに先生のお名前を書いていただければ結構でございます」

猿田が書状を義松の前に置いた。

「浅右衛門の例に習えば半分、たぶんこちらの絵は……」

「いくらになる？」

「五千円、ひょっとするとその倍。先生には売値の半額をお渡しします。謝礼として」

「筆は？」

書生が袖から矢立を取りだし、猿田に渡した。猿田が筆を抜き、墨をつけて義松に差しだす。受けとった。書状にはすでに五姓田義松の名まで記されている。

「花押《かおう》でいいかな」

「名前のところに、結構でございます」

筆を達筆で記された自分の名前——義松にはとうてい書けそうもない——の下に持っていき、さっと走らせた。

へ、の、へ、の、も、へ、じ——。

目をぱちくりさせる猿田に構わず筆を放りだす。

「五姓田義松畢生《ひっせい》の一作、屁野屁野茂平治《へのへのもへじ》氏肖像だ。一万だ、一万。一万で売ってやる」座卓に両手をばんとついて立ちあがった義松は襖《ふすま》を開け、奥に向かって怒鳴る。

「お客さんがお帰りだ」

猿田と書生を急《せ》かし、尻を蹴飛ばさんばかりに玄関から追いだして引き戸を閉めると
ふたたび水屋に向かって大声を上げた。

「おい、塩ぉ、持って来い」

そのとき引き戸がふたたび開けられ、若い男が顔をのぞかせる。白絣に紺袴、いがぐ
り坊主まではいっしょだが、先ほどとは別の書生だ。

「あのぉ」

「何だよ」

「こちらは五姓田先生の工房でございましょうか」

「ああ、それがどうした？」

怒鳴り返す義松の勢いに気を呑《の》まれ、目をぱちぱちさせる若い男を押しのけ、鼻の下
に髭をたくわえた紳士がにゅっと顔を出し、にっこり頬笑んだ。

「やあ、しばらく」

「ルソート・デ・レオナードねぇ」

鼻の下のきっちり調えた髭の端をひねって男——原敬《はらたかし》はつぶやいた。猿田がやって

来て追いだすまでの顚末《てんまつ》を話し、大笑いしたあとのことだ。猿田と会った一室に原を招じいれたが、座卓は片付けてあった。向かいあう二人のわきには原が持参した二升は入りそうな大徳利《おおどつくり》が置いてあり、湯飲みで飲んでいた。徳利の腹には菊の司と焼きつけられている。

書生のわきから顔を出した原が持ちあげてみせた酒で、出身地盛岡から来た客が持ってきた銘酒という。

「僕は門外漢だからわからんな」

ならばと義松は立ちあがり、画室から画帖《がじよう》と鉛筆を持ってきた。原の前に画帖を広げ、鉛筆を動かす。まずは男の顔を線描して見せた。左目、右目、左右の眉を描き、鼻梁《びりよう》をさっと下ろして唇、ひたいの左側から頰、顎にかけて線を下ろし、きちんと分けてある髪をさっと描き、鼻の下の髭を描く。

「おお」

原が嘆声を漏らす。あっという間に原の顔を描きあげてみせ、丁寧に切り離して前に置いた。そのまま義松は鉛筆を動かしつづけた。今度は背景を塗りつぶしてひたいから顎にかけての輪郭を残し、同様に目、鼻梁、頰骨と薄い陰影をつけることで輪郭線を消していく。髪、眉、髭は線で表現した。

先に描いた絵の横に広げた画帖を並べ、座りなおすと湯飲みの酒をあおった。大徳利に手を伸ばし、湯飲みに注いでふっと息を吐いていった。

「それがルソート・デ・レオナードだ。西洋画では輪郭を描かない。影だけで物の形を描く。本邦じゃ、人の顔は輪郭をさっさと筆で描く」

「それでルソート・デ・レオナードとは何だ？」

「滅法うまかった。昔の人だがね。何百年も前、まだ足利将軍家の頃だ」

「ほお」原が目を剝く。「そりゃまた古い」

「古いのは古いんだが、誰もレオナードの真似ができなかった」

「それで呪縛か」

「もっとうまく描いてやろうとするんだが、本家にゃ、どうしたって太刀打ちできない」

「それで猿田が持ちこんできた絵が偽物だとわかったのか」

「ひと目見りゃわかる。レオナードの絵は国の宝だ。フランスの連中が国の外へ出すもんか。それに……」

義松はたった今自分の描いた絵を眺めたまま、唇を嘗めた。原がじっと見つめているのを感じる。

「あれはおれが描いた」

絶句した原が目をぱちくりさせる。義松は淡々とつづけた。

「パリにいた頃、美術館《ミュゼ》に通って模写しては売りさばいていた。もちろん模写だと断ってね」

義松はふっと笑った。

「誰も本物だなんて思わない。そもそも模写が欲しいなんていいだす輩はミュゼで本物を見てる。出来が良ければ買ってくれる。おれの絵は売れた」

「その中にラ・ベル・フェロニエールがあったわけか」

のちに首相となり、華族の出でもなければ、爵位を受けなかったところから平民宰相と呼ばれるようになった原敬は明治十八年五月、外務書記官としてパリ赴任を命ぜられている。当時、パリ在住の日本人は少なかったし、日本語で話せる機会を求めて酒場に集うことが多かった。最初に原と知り合ったのは芳翠で、義松は芳翠に紹介されて会っている。

「そういうこと」義松は顔を上げた。「ところでいつ帰朝したんだい？」

「先月」

「今は？」

「農商務省に出仕している」

原が帰国したのは今年四月で、帰国してすぐ農商務大臣をしていた井上馨《いのうえかおる》の引きで参事官となった。

「それにしてもわざわざケイさんにこんな小汚いところへお出でいただくとはね。驚いたよ」

原は一歳年下であったが、初対面で意気投合、義松は端倪《たんげい》すべからざる人物と感じ、ケイさんと呼んでいた。タカシと読むのが正しいのだが、ハラケイと称されることが多かった。

「帰朝して一度挨拶したいとは思っていたんだが、雑用係でこき使われてるうちに遅くなってしまった。こちらこそ失敬。義松《よしま》っつぁんが浅草にいることはわかっていた。珍しい酒が手に入ったのがいい機会《しお》だと思ったのと……」

原がにやっとして付けくわえた。

「この辺りは僕にも因縁浅からぬ土地でね」

原は二度結婚している。最初は二十七歳のとき、薩摩藩士の娘をもらったが、二人の間には子供ができず、その後、原が天津《テンシン》、パリと海外赴任し、仕事が忙しくなったこともあって明治二十九年、結婚十三年目には別居、それから九年して妻が婚外子を妊娠したため明治三十八年に離婚した。離婚して二年後に後妻をもらっているが、相手は新橋の元芸者で、原が妻と別居する前から妾《めかけ》となっていた。

その後妻が浅草の生まれ、育ちだったのである。

大徳利が空になり、陽がすっかりかたむくまで二人は語り合った。パリ時代の思い出もあったが、大半は時勢についての話だ。原の言葉の端々に政府中枢で動く人間にしかわからないような事情、人情があった。

義松の話はどうしてもぼやきが多くなった。自分を戒めてはいたのだが、パリ、ロンドン、サンフランシスコで絵が思うように売れず、帰国しても世の風潮がまるで変わっていたからだ。

門まで送りに出ると俥のそばで車夫と書生が待っていた。原がふり返り、右手を差しだしてくる。義松は握りかえした。

「僕でお役に立てることがあれば、いつでもいってくれ」

「ありがたい。持つべきものは友だな」

俥に乗り、書生を従えて遠ざかる原を見送りながら頼ることはないだろうと義松は思った。

頼りにすれば、その時点で友ではなくなってしまうから……。

間もなく梅雨に入ろうという時期ながら、よく晴れた五月下旬、義松は清水港に来ていた。回船問屋をいとなむパトロンから手紙をもらったためだ。

清水港は慶応年間、父と東海道を歩いて以来、何度か来ていた。パリに発つ前に訪れたときには横浜の先まで汽車に乗ってきたのだが、今回は竣工《しゅんこう》なったばかりという操車場で降りると目の前が港だった。

浜まで出て手提《てさ》げ鞄《かばん》を砂の上に置いた。パトロンからの手紙には義松がパリから戻ったことを聞いたとあっただけで仕事を頼みたいとはなかった。一度挨拶に伺いたい旨の返信をすると折り返しいつでもどうぞと来た。

それでのこのこやって来たのだが……。

大きく伸びをして潮風を胸いっぱいに吸いこむ。何度か深呼吸をくり返すうち、だんだんと気持ちが落ちつき、肚が決まってくる。

「よし」

自らを励ますように声を発した義松は鞄を取り、ふり返った。

「おお」

嘆声が自然と漏れる。ふたたび砂浜に鞄を置き、留め金を外す。中にはフランス、イギリス、アメリカ、そして滞米中に旅行したカナダの風景画が入れてある。だが、義松が取りだしたのはちらびた鉛筆と反古を綴《と》じた画帖だ。鞄を閉め、またがるように腰を下ろすと膝の上に画帖を広げる。

顔を上げた。

目の前に富士山がぼうっと浮かんでいる。芳翠、岸田とどじょう屋で酒を飲んで帰った日のこと、画室で父に言われた言葉が蘇る。

『お前は子供の時分から絵を描いてきた。儂がやれといったわけでもない。せいが頼んでもない。楽しいから描く。それだけでいい』

義松は鉛筆を動かし始めた。

あっという間に雑駁《ざっぱく》とした想念が消えていく。残ったのは画帖と鉛筆を握る右手、そして富士山だけだった。

第三話

キセキの一枚

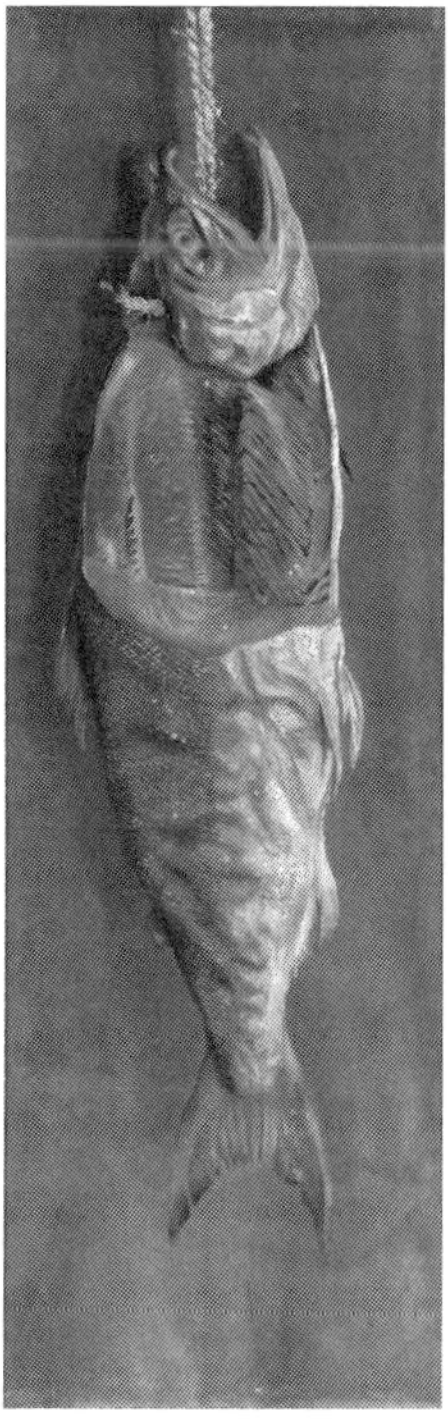

高橋由一『鮭』　東京藝術大学大学美術館所蔵
画像提供：東京藝術大学大学美術館／DNPartcom

1

「どうしても承《う》ける気にはなれんかね」

目の前で小山のごとくどっしりあぐらをかいた男——岸田吟香が訊《き》いた。

高橋由一《たかはしゆいち》はしばらくの間黙って見返していたが、やがてぽつりといった。

「お前さん、いくつンなる？」

「五十六」

「若いなぁ」

正直につぶやくと岸田はいやな顔をした。五十を過ぎれば、立派に年寄りといわれる世間にあって、六つも過ぎて若いといわれれば、いやみにしか聞こえまい。

由一はつづけた。

「こっちは還暦を一つ過ぎとる」

形のいい眉を寄せ、岸田が訊き返してくる。

「どこか躰《からだ》の塩梅《あんばい》でも悪いのかい」

「胃《い》の腑《ふ》がね。しくしくしやがる。昔っからだが、だんだんとひどくなってる感じだ」

「痛むか」

「痛むってほどじゃない。しくしく。だが、何も食ってないのに腹ぁふくれて屁《へ》ばっかり出やがる。それに肩凝りだな。肘も腰も膝もぎくしゃくしやがってね。歳《とし》だよ、歳」

ふむとうなずいた岸田が腕を組み、畳に目を落とし、低い声でいった。

「会頭といってても別に何をしてくれというわけではない。実際のところは浅《あさ》井忠《いちゅう》や山本芳翠が切り回すだろう。あんたは乗っかってりゃいいんだ」

岸田は由一より五つ年下だが、何しろ付き合いが長い。かれこれ三十年、生まれ落ちて今日までの半分近くともなれば、あんた呼ばわりも慣れっこだ。

「だがね、おいらはあんたがしてきたことをつぶさに見てきたつもりだ」

世人の間では岸田はつかみ所がない輩《やから》とされていた。儒学者から妓楼《ぎろう》の主《あるじ》を経て、御一新以降は新聞記者をやっていたかと思えば、眼病の薬を製造販売して大儲《おおもう》けをしている。何者なのかと誰しも首をかしげるが、由一にしてみれば、これほどわかりやすい男はいない。

たとえば、自らを小生と称するか、おいらというかの違いだ。小生といえば建前を滔々《とうとう》とまくしたて、おいらといってぼそぼそ語るときは案外と本音だ。例外はまずなかった。

「おいらぁ、あんたこそ、この会を代表するに相応《ふさわ》しいと考えておる。なあ、名前だけでいい」

明治美術会という組を作りたいと岸田はいってきた。洋画排斥運動を展開するフェノロサと岡倉覚三が官立美術学校の設立にあたって、教えるのは日本画のみとした。反発したのは西洋画を描《か》いている一派だ。フランスを始め、諸外国に留学した者も多い。御一新から日が浅い頃に海を渡った苦労は並大抵ではない。そして新しい絵画を日本に広め、定着させようともがき、悪戦苦闘してきた。由一もその一人だし、御一新なんぞのはるか昔から突っ走ってきたと自負もある。

それを真っ向から否定された恰好《かっこう》だ。

猿真似《さるまね》に価値はない、と。

「儂《わし》は……」

ぼそりといった由一は右手を目の前に出し、じっと見下ろして思う。

いつの間に、と。

この頃……、否、還暦の少し前くらいから同じことを思う。手の甲には縮緬皺《ちりめんじわ》が寄り、皮膚は張りを失い、てかりがある。つまりはすっかり爺《じじ》いの手なのだ。

握ってみる。開いてみる。握ろうと思えば握れるし、開こうと思えば開く。

目を細め、自らの右手に問うた。

あれを憶《おぼ》えているか、と。

握った筆の穂先をここぞと狙った一点へ過たずに置き、絶妙の力加減で引き、そこから右だろうと左だろうと、上下どちらだろうと自在に撥《は》ねる。やがて筆はわが身の一部となり、奔放に走り、白い紙面の内から絵の方で勝手に立ち現れてくる。それを由一は呆然《ぼうぜん》と眺めていることが再三あった。

由一の思いに頓着することなく右手は勝手に絵を描いた。憶えているかと問うたのは、そのことだ。

「儂はもうここらで潮時かと思うておる」

「へ？」

間の抜けた顔で訊き返した岸田に向かって言葉を継いだ。

「充分長生きした。ここへ来るまでには、まあ、いろいろあったが、この歳になるまでずっと絵を描いて食ってこられたんだ。悪くない。いや、儂にゃ出来すぎだ。その組のことだが、儂の代わりは源吉《げんきち》にさせる」

「いや、ちょっと……」

渋い顔をして口を開こうとする岸田を押しとどめる。

「何も源吉を会頭にしてくれってわけじゃない。下働きにでも使ってくれ」

源吉は由一の長男で、この年、三十一になる。

結んだ唇の両端を下げていた岸田が小鼻をふくらませて息を吸い、まさに口を開きかけた刹那、由一はぽつりといった。

「なあ、ギンさん」

呼吸を読むことは物心ついた頃から祖父に叩《たた》きこまれている。家は代々下野国《しもつけのくに》佐野《さの》藩で剣術指南役をつとめ、祖父は達人といわれた。

唇を閉じ、頬をふくらませた岸田が目をぱちくりさせる。見る見る顔が真っ赤になり、目玉が飛びだしそうになって大きく息を吐いた。

「ぷはぁ……」

次いで小さく首を振り、微苦笑を浮かべる。

「まいったね、どうも。イノさんにその調子で呼ばれるといけねえや。あン頃に戻っちまう」

イノさん——岸田も由一を元の名、佁之介《いのすけ》で呼んだ。祖父のつけた幼名は猪之助だが、由一の干支は戊子《つちのえね》である。なぜ前年の丁亥《ひのとい》から取ったのかはわからない。その不可解さもあって、由　は愚かとか怠惰を表す佁の字を使った。慶応から明治になった折、佁之介から由一に改名している。

腕を組み、わずかに目を細めた岸田が小声でいう。

「ちぐさといったな」

胸の奥、深いところがきりりと痛み、由一は思わず奥歯を食いしばった。

万延元年、かれこれ三十年近く前――。

何かといえば無い物ねだりをしたがるのが人情とはいえ、未曽有の大飢饉《だいききん》をようやく乗りこえ、これからは安らかなる 政《まつりごと》を、と願ってつけられた年号、安政ほど皮肉に満ちたものはなかったと高橋怡之介は思っている。

否、ひとり怡之介にとどまらず市中の誰もが似たような思いを抱いていた。安政二年には江戸を大地震が襲い、とどのつまりの七年には年号を定めた張本人、大老井伊直弼《いいなおすけ》が暗殺され、万延と改元されたのだから。

しかし、今の怡之介には別の気がかりがあった。

吉原の大門をくぐり、まだ陽《ひ》が高いというのにぞろぞろと客たちが行き交う表通りを、人波を掻《か》き分《わ》けるように進んだ。客が多いのは、名ばかりだった安政が終わり、少し世間が落ち着きを取りもどしてきたせいだ。そこここで強盗だ辻斬《つじぎ》りだと物騒な噂《うわさ》はあったが、家の中でじっとしているのにも限度がある。威張りくさっていた怖い大老は首を斬り落とされたことだし、少しばかり息抜きをしてもバチはあたるまいと、誰しも思うところは同じらしい。

それに吉原では昼に来て暗くなる前に帰るのが上客とされてきた。中くらいの客は夜来て朝帰り、下の下が居つづける。

　表通りをまっすぐ進んで仲町《なかまち》、突き当たりの水道尻《すいどうじり》の一つ手前で左に折れて京町《きょうまち》二丁目にある妓楼の向かい側に来た佁之介は、窓格子にへばりつくように並ぶ妓《おんな》たちが手を伸ばし、客の袖を引いたり、声をかけたりするのを見ていた。

「ちょいとそこの色男、あんただよ、あんた。色男っていえば、お兄さんしかいないだろ。ねえ、寄っていってよ」

「あら、定《さだ》さんじゃないの。お見限りね。今日こそ小春姐《こはるねえ》さんのところにあがってくんでしょ」

「そっち行っちゃダメだよ。違う、違う、ねえ、色男……、何だよ、行っちまうのかよ、こののっぺらぼうの丸太ん棒め」

「定さん、定さんってば……、チクショウ、定公の馬鹿野郎、てめえなんざ、だから掃き物呼ばわりされるんだ、馬鹿野郎」

　重なり合う嬌声《きようせい》がキンキン響くのを聞き流しながら佁之介は右に左に首をかしげ、奥にいる妓の様子を見ていたが、目当ての顔は今日も見当たらなかった。

　やりくり算段の末、ようやく溜《た》めた虎の子を懐にねじこみ、迷いに迷った挙げ句訪ねてみれば……。

　舌打ちをこらえ、なおも未練がましく右に左に首を傾けている。

目を向けているのは、半年ほど前、懇意にしている商家の主に誘われて初めて登楼《あが》った妓楼だ。その後、もう一度登楼って裏を返している。浪々の身で、しかも嫡男がまだ三歳とくれば、そうそう吉原通いというわけにはいかない。

それがひと月ほど前のことだ。金の算段はつかなかったものの素見《ひやかし》で来て、せめて顔くらい拝めば少しは心持ちも落ち着くだろうとやって来たのだが、目当ての妓がいなかった。以来、三日にあげず吉原に通っている。

だが、二度、三度と足を運んでも妓はいない。そうなると意地も芽生えてくる。十回を超えたところでついに肚《はら》をくくった。もっともらしい名目をつけて同僚と組んでいる無尽講から金を借り、登楼して呼びつけてやろうと鼻息も荒く乗りこんで来たのだった。

このひと月の間、ちらちらと脳裏をかすめる思いがあった。自分が来ているときに客を取っていたのかも知れない、と。いくら売れっ子でもあり得ないことはよくわかっていた。すでに十回余になるのだ。

五年前、当主の祖父が死んでからは悪友に誘われ、何度か吉原に来たことはあった。茶屋で宴会をして、したたか飲んでも滅多に登楼することはなかった。やたら妓と寝たがるのは床急ぎで野暮だといわれる。粋を気取るところまではいけなくともせめて野暮とはいわれたくない、などと見栄を張ってみせたりもしたが、本当のところはお寒い懐具合のせいでしかない。

半年前に登楼ったのは、誘ってくれた商家の主が奢《おご》ってくれるといったからに過ぎなかった。

妓楼の前に立ち、相変わらず目当ての妓は見当たらず、さて、どうする、とりあえず登楼してみるか、いや、待て、別の妓を押しつけられたら……。

考えあぐねているところへ声をかけられた。

「旦那」

ふり返ると背が高く、でっぷり太った男が立っていた。顔見知りではない。

「何か」

「ちぐさ……、でございましょう」

男が小声でいう。図星を指され、狼狽《ろうばい》を顔に出すまいとしたが、背に汗が浮かぶ。おそらく顔が赤らんでいることだろう。しかし、男はみょうに真剣な顔で言葉を継いだ。

「おいらもね、あの妓が嫌いじゃなかった。まあ、登楼れる身分じゃありませんので格子越しに声をかけるだけでしたがね」

「そこもとは？」

郭《くるわ》の掟《おきて》で両刀を差したまま大門をくぐることはできなかったが、いかにも武士という恰好は具合が悪い。町人体を装っていたが、口振りまでは急に改められなかった。だが、相手の男は気にする様子もない。似たような武士をいくらでも目にしているのだろう。

「こいつぁ、ご無礼を」ちょんと頭を下げ、男が肩越しに後ろを親指で示す。「ちょいとこの先にある床屋で見習いをやってる銀次《ぎんじ》ってケチな野郎にござんす」

床屋の見習いというわりには汚らしい無精髭《ぶしょうひげ》を生やしている。じろじろ見ていると銀次が顎を掻いてにやっとした。

「だから見習いでして」

次いで腕を組み、首をかしげて妓楼に目をやる。

「昔っから美人といやぁ、瓜実顔《うりざねがお》に少しばかり顎のしゃくれてるのが決まりだなんぞといいますがね、おいらにはいけません。世に長顔駄具なんぞといいますでしょ。今まで長細い顔の妓にあたっていい思いをしたことがありやせん。あっしの倅《せがれ》が粗末なのは認めますがね。まあ、好き好きってことにございましょう。おいらは昔っから顔がまん丸で眉と顎の間の寸が短い、目も鼻も顎もこぢんまりしてるのがいいんです。ええ、それだけのことでござんす」

確かに、と佁之介は胸の内で答えていた。

ちぐさは銀次のいう通りの顔立ちをしていた。一見大人しそうだが、さっときつい目をすることがあり、案外気性は強《こわ》いのかも知れない。それでいて何かの拍子にふっと目を伏せると長い睫毛《まつげ》に瞳が翳《かげ》って……。

目を細めた銀次が佁之介を見る。

「旦那を見かけたのは今日で四度目だ。お見かけするようになったのはちぐさが見世に出なくなってからのこと。違ってたら吉原に巣くう間抜けの戯《ざ》れ言《ごと》と笑ってご勘弁ください」

口調こそくだけているが、目は笑っていない。どこまでも真剣な銀次の顔に感じるところがあったし、何よりちぐさがどうしたのか気になっていた。

「そこもとのいわれる通りだ。儂は高橋佁之介と申す」

名乗ると銀次が丁寧に辞儀をした。顔を上げた銀次を見て、佁之介ははっと息を嚥《の》んだ。一段と思いつめたような表情となっていたからだ。

やがてぽつりといった。

「あれぁ、いけなくなりました」

妓は大半が長生きできない。病気、それも性病のせいだ。とくに梅毒がひどく、十人中九人までがこの病に冒される。ところが、何とも不思議な病で一度罹《かか》ると二度はないといわれていた。

何ともいえず佁之介は銀次を見返した。だが、銀次は首を振った。

「瘡《かさ》じゃありやせん」

佁之介の胸の内を察したように銀次がいう。梅毒のもっとも目につく症状から瘡と呼ばれることが多かった。

「労咳《むね》の方で」

労咳もまた死病ではあった。

「あれからギンさんに浄閑寺《じょうかんじ》まで案内してもらった」

由一はぼそぼそといった。

三ノ輪《みのわ》の浄閑寺は、吉原を出て見返り柳を左へ、土手をしばらく歩いた先にあった。通称投込寺《なげこみでら》というのは聞いていたが、足を踏みいれたのはあのときが初めてだった。銀次こと、岸田吟香のあとに従い、墓地の奥にあった石碑の前に立った。

岸田の改名は由一よりしゃれがきつい。

安政の頃、井伊大老がばっさばっさと倒幕志士たちの首を斬り落としていた頃、岸田が師事していた漢学の先生が幕府に捕らわれ、我が身に危険を感じて遁走《とんそう》している。

その後、どこでどうまいことやったものか見当もつかないが、三河《みかわ》のさる家中に仕官できた。だが、堅苦しい暮らしが性に合わず脱藩、そのまま江戸に戻って、吉原に潜りこんで三助やら牛太郎やらで食いつなぎ、ついには遊郭の主となる。そのとき幼名そのままに銀次と名乗った。通称ままよの銀次、ええい、ままよ、となるようにしかならんの意だ。周りから銀ちゃん、銀公と呼ばれ、ついに吟香と号するようになる。

波瀾万丈《はらんばんじょう》ともいえるが、行き当たりばったりと見えなくもない。

由一は目を上げ、岸田を見やった。

「儂は碑を隅から隅まで見回して、あの妓の名はどれかと訊いたね」

「そう」岸田が深くうなずく。「おいらは、そんなものはありゃしねえ、石工の手間賃が勿体《もったい》ねえからと答えた。よく憶えている」

「あの娘は十七、八《こ》にもなってたかね」

「どうかなぁ。何度か顔を見ただけだし、そもそもおいらが吉原に流れついたのは、あんたに会う半年くらい前だったから」

一つうなずいて付けくわえる。

「たしかに若かったね。十七にも届いてなかったのかも知れない。年季が明けないまま死んじまった娘たちも多かったな」

「そうだな」由一はうなずき、さりげなく話の矛先を元に戻した。「ところで、もう目録はできてるんだろ？」

「へ？」

「展示会の、さ」

「いや、それがまだ……」

「あんたの覚え書きでいい。見せてくれないか」由一は頬笑んでみせた。「儂の名が入っているのはかまわん。儂も源吉も主旨には賛同しておる。絵も出させてもらうつもりだから」

しばらくの間、二人は黙って睨《にら》みあっていたが、やがて岸田が息を吐き、小さく首を振って懐に手を入れた。

「剣術《やっとう》の先生相手に勝てるわけがない」

せいぜいのいやみは負け惜しみである。由一は二十歳になる前に祖父から家は継いでも指南役はしなくていいといわれている。そのことを知った上で岸田はあえてやっとうなどと持ちだしたのだが、気にしなかった。剣ではなく、絵筆を選んだのは由一自身だし、悔やんだことはない。

岸田の差しだす紙を受けとり、開いた。字がぼやけていた。少しばかり遠ざける。ようやく読み取れた。手早く書いたのだろうが、なかなかの達筆だ。上に画家の名、下に画題が記されている。画題がなく、名だけというのも多かった。

最初に自分の名があるのには苦笑するしかなかった。画題はない。出品するつもりではあったが、源吉にいって適当に選ばせようと決めていた。見知った名前が並んでいる。いずれも西洋画の描き手だ。

一人の名に目を留め、次いで岸田を見た。

「五姓田義松が帰朝してるのか」

岸田がうなずく。

「先月。フランスだけでなく、イギリス、アメリカと回ってきたそうだ」

「ほう、もう会ったか」

「先月」岸田がくり返す。「河鍋暁斎の弔いがあった日に」

ああ、あの日かと由一は胸の内でつぶやいた。暁斎の屋敷は数町北にあって、それほど遠くない。かつて出入りをしていた植木屋が知らせてくれたが、出かける気がせず源吉を悔やみにやった。

目を細めた。

五姓田義松と出会ったのは横浜、それこそ目の前にいる岸田を頼りに訪ねていった場所だ。吉原で出会って六年後の夏、暑い昼下がりのこと、まだ御一新の前で由一はいまだ丁髷《ちょんまげ》を結っていた。

「横浜でワーグマンを訪ね歩いたときには世話になったな」

「いやぁ、儂ぁクソの役にも立たなかった」岸田がにやりとする。「それにしてもあんたはひどくむしむしする日だってえのに紋付き袴《はかま》だったっけ」

「先祖伝来の品でね。ここぞというときの正装なんだ」

由一は宙に目を向け、話しはじめた。

「儂がまだ十二歳のとき……」

2

靖国《やすくに》神社は明治政府が武家屋敷を没収し、更地にした跡へ明治二年に建立した招魂《しょうこん》社《しゃ》を前身とする。かつてその北東に下野国佐野藩堀田《ほった》家上屋敷があった。代々江戸詰であった高橋家のこぢんまりとした家屋は敷地内にあった。

天保十年正月元旦、奥座敷にかしこまり、家長である祖父に新年の挨拶をした佁之介は上体を起こした。定紋の入った黒羽二重の羽織に鋭く折り目のついた袴を着けた祖父が鷹揚《おうよう》に、重々しく応じる。

「おめでとう」

ひと言いったきり、黙して佁之介を見返している。ごくりと生唾を嚥んだ佁之介は肚の底でつぶやく。

いよいよか――。

「正月や死出の旅路の一里塚、めでたくもありめでたくもなし」

佁之介は微動だにせず祖父を見返していた。祖父が表情を変えずつづける。

「……などと世間はいうが、儂は若い頃は思うておった。常在戦場は武士のならい、殿のためなら この命いつでも、どこでも捨てられる。この世に生を受けたるは、殿のため、殿お家のため、わが家名のため、今さら死出の旅路も一里塚もあるものかと鼻で笑ったものだ。ま、若かったの」

言葉を切り、口を結んだ祖父がわずかに目を細める。珍しいことにかすかな笑みを浮かべていた。

「じゃが、儂とて死ぬのは怖い」

はっとした。いまだかつて祖父の口から漏れる怯懦《きようだ》など耳にしたことがなかったからだ。ひょっとして父ならと思いかけ、無理矢理圧《お》し殺《ころ》す。父は入り婿で、佁之介が三歳の頃、性が合わずに家を出ている。追いだされたといった方が正確だろう。追いだしたのは目の前に端座する祖父だ。

「だがな、もっと怖いのは、いざ死に際で無様な真似をしでかし、家名を汚すことだった。それに比べれば、自分が斬り殺されるなんぞ屁でもない」

高橋家は代々江戸定府で祖父も佁之介も江戸藩邸に生まれ、育った。武家暮らしをしていても江戸っ子の気質は忍びこんでおり、時おり、ぞろっぺいな物言いが混じる。

「そのときは、笑って死んでいくと思いさだめていた。しかし、そのときはついに来ないまま、老残の身をさらしてこの正月に至った。まっこと武運つたなしと、若い頃の儂なら臍《ほぞ》の一つも噛《か》んだろう」

武運つたないとは、死に場に巡り会えずおめおめ生き残ってしまうことだ。手柄は二の次、たとえ敗け戦《いくさ》でどれほど惨めな殺され方だろうと戦場で死を賜りさえすれば家名に羞《は》じることはない。

「たぁだ、生きとる。今は、な」

変に甲高い調子で不意打ちされ、ぽかんとしてしまった。

祖父はふっと笑い、なおも言葉を継いだ。

「今の儂は息をしとるだけだ。ただ息をして日が暮れるのを待っておる。朝日が昇っても、また同じ、ただ息をして夜になるのを待っておる。ずっと、な。死を賜るなんぞありはしない。金輪際、ない」

低い声ではあったが、祖父は断ち切るようにすぱっといった。

「いつ頃からこんな風に思うようになったのか、時々おのれに問うてみることがある。四十になってしまったときか。不惑なんぞ冗談じゃない。生まれてこの方、一瞬たりとも惑うたことなどないからの。それではおめおめ五十を数えたときか。違うな。むしろもっと昔からもう戦などどこにもないと気がついていたのかも知れぬ。ひょっとしたら父から家督を継いだときには、もうわかっておったか」

武士は畢竟《ひっきょう》武装集団の一員に過ぎず、平時、お役目を任され、黙々粛々とこなしているのは仮の姿、決して働いていることにはならない。

高橋家は剣なら新陰流《しんかげりゅう》、槍《やり》においても宝蔵院流《ほうぞういんりゅう》免許皆伝という家柄であり、家中において祖父は何人もの弟子を抱えていた。長身痩軀《ちょうしんそうく》ながらみっしりと肉《み》がつき、さながら鞭《むち》のようにしなる強靭《きょうじん》な躰をしていた。

「さて」

祖父の口調が改まり、佁之介は背筋を緊張させた。

「お前も再来年には元服となる。まだ二年もあるなどと思っていても時が流れるのはあっという間だ。わかっておるな」

「はい」

「お前は蒲柳《ほりゅう》のたちである」

佁之介は子供の頃から腸が弱かった。少しでも食い過ぎれば腹を下したし、高熱を発して動けなくなることもしばしばであった。そのため真夏でも寝るときには腹掛けが欠かせない。あばらの浮いた自分の躰が恥ずかしかったし、嫌いだった。それはまだいいとして月に何度も稽古を休み、時として数日にわたって道場に行けないのには閉口した。

稽古を休めば、どうしても同じ年頃の子供たちとの間に差が生じる。技や型で戦うには年齢が足りなすぎた。幼いうちは勢いに任せ、激しく打ち合うことこそ上達の途《みち》だった。気迫では引けを取らないつもりでも、いざ構え、相対しているうちに腹がぐるると震え、尻の穴を締めることばかりに気をとられてしまえば、どうしても相手の剣先に集中できない。そのうち脂汗で全身が濡《ぬ》れ、息は絶え絶えになってしまう。

一方、学問はそれなりにでき、三年前には藩主《との》の近習を命じられている。なまじそうした仕事ができるだけに周囲のやっかみもあった。そのせいで道場ではさんざんに打ちのめされたものだ。

祖父が二人の名を挙げ、前者に剣、後者に槍の師範を継がせるといったときも佁之介は落ちついていた。来るべきものが来た、それだけのことだ。

「は……」

さすがにかしこまりましてございますとつづけられず、佁之介はひれ伏した。

稽古も満足にできず、虚弱な自分が刀槍《とうそう》の師範など無理なことはわかっていたが、それでもなお一つの疑問を拭い去れずにいた。

祖父は自分に父の影を見ているのではないか。祖父は武芸者として父を見かぎった。女である母には祖父に逆らいようがなかっただろう。父の血を継ぐ佁之介にしてもまた……。

じくじくと思いを巡らせている佁之介の頭の上に祖父の声が降ってくる。

「その代わりお前は母のいう途を進むがよい」

佁之介はがばと身を起こし、まじまじと祖父を見た。

母、つまり祖父にとっての娘がいう途は絵を指す。

『お前はまだ二つになるかならないかの頃に母の顔を描いてくれたものだよ。それがまたそっくりでね』

母がそういうばかりで佁之介にはまったく記憶がなかったが、物心つく頃には紙と筆を与えられ、目に映るものは何でも描いていた。

祖父も佁之介の技量は認めてくれていたが、あくまで孫のお遊びゆえ目を細めていたに過ぎないと思いなしていた。絵を描くなど余技、遊芸に過ぎぬと思い定め、画道を進むなど最初から諦めていた。

「不服か」

「いえ……」

「洞庭《どうてい》について修行せよ」

佁之介は大きく目を見開いた。わずかに顎を引き、祖父が付けくわえた。

「いずれその途をもってお仕えすることがあるやも知れぬ」

「ちょい、ちょい、ちょい、ちょい、ちょっと待った」

岸田が大きく両手を振って、由一の話をさえぎる。

「どうした?」

「あのときあんたが横浜で身につけていた、見るからに暑苦しい羽織、袴がご先祖伝来というのはあいわかった。で、そのあとだ。狩野といわなかったか」

「いった。ああ、洞庭先生のことだ。あの頃、佐野堀田家お抱えでね。摂津守《せっつのかみ》様の御代《みよ》だ」

堀田摂津守こと正衡《まさひら》は下野佐野藩の第二代藩主である。

「摂津守様はなかなか開けたお方でな。絵心もおありだった。儂は九つのときにお城へ上がって御側仕《おそばづか》えをしたもんだ」

「わかった、わかった」岸田が両手を由一の前に立てた。「摂津守様はわかった。それよりあんたぁ狩野派を学んでたのか」

「そうだ」

「ずっと西洋画じゃなかったのかい？」

「入口は狩野だったよ。話してなかったかな」

由一の言葉に岸田が首を振る。豊満な頰がぶるぶる震えた。

「そうか。まあ、いい。狩野で学んだよ。だけど来る日も来る日も先生が描いたお手本を写すだけなんだ。お手本といっても丸描いて、先っぽにちょんと筆を置いただけの代物だぜ。宝珠《ほうじゅ》だっていうが、こっちはわからない。早いとこ、草木だの花だの鳥だの描かせてくれと思ってるんだが、弟子たちは先生の落書きみたいな絵をありがたがって朝から晩まで写してる。儂ぁ、三日でいやになってな。それで狩野探玉斎《たんぎょくさい》先生の塾へ鞍《くら》替《が》えしたんだが、ここでも同じことのくり返しだ。それでも半年……、いや、三月《みつき》くらいは辛抱したかなぁ。どうにも退屈でね。そのうち御用でお城に上がることが増えて画塾も休みがちになってな。そのうち行かなくなった」

「呆《あき》れたもんだ」

「絵の勉強はつづけたんだよ。殿の御文庫には歴代のお抱え絵師たちが描いた花鳥風月だの、龍だの、いろいろあったから。拝借しては持ち帰って写してた」

「我流で描いてもものにはならんだろ」

腕組みした岸田が憮然《ぶぜん》とした顔つきでいう。由一は笑みを見せた。

「ところが、これがそうでもないんだな。広尾《ひろお》の稲荷神社を知ってるか」

「いや」

岸田が首を振ったが、由一は平然とつづけた。

「台徳院《たいとくいん》様が鷹狩《たかが》りの際に御休息あそばされた地に創建したっていうから由緒ある稲荷社だ」

「それがどうした」

台徳院殿は芝増上寺《しばぞうじょうじ》にある第二代将軍徳川秀忠《ひでただ》の霊廟《れいびょう》を指す。直接名を呼ぶ不敬を避けるため、場所で呼ぶ習慣があった。だが、二百数十年も前の話だ。由緒はあるかも知れないが、岸田の返答は当たり前といえた。

「そこの天井に黒龍が描かれておる。描いたのは儂だ」

「はあ？」

今度こそ岸田は目を剝《む》いただけでなく膝立ちになった。

「嘘《うそ》ではない。ちゃんと藍川藤原孝経《らんせんふじわらこうきょう》筆画と儂の名を入れてある。今もちゃんとあるから嘘だと思うんなら見物してくりゃいい」

「らんせんたぁ、何だ？」

「藍の川と書いて、藍川。画号に決まっておろうが」

「嘘だとはいわんがね」ぺたんと尻を落とし、岸田が首をかしげる。「そんなたいそうな神社の天井画まで描いたあんたがどうして西洋画に転じたんだ？」

「殿にいわれてな」

「摂津守か」

「様」

「摂津守様に、か」

「そう。御側に仕えていた儂は殿が手ずから描かれた油絵を賜った。今いった黒龍図が見事だった、褒美だといってな」

「おかしかねえか。龍は狩野だったんだろ」

「見事にな」

「なのに褒美が油絵ってのはおかしいだろってのさ」

「縄張りを荒らすなとお諌《いさ》めくださったのだろう。儂は近習で、お抱え絵師はちゃんと別にいる。分をわきまえよというところだな」

「それで西洋画に精進するようになったわけか」

「ほかにも殿には石版画を何枚もいただいた。そいつを薄墨で写したんだが、今ひとつ方法がわからないまま、何年も過ぎた」

「ちょっと待て、稲荷社の天井を描いたのはいつだ？」

「弘化四年、丁未《ひのとひつじ》だ」

「おいらが吉原であんたに会ったのは……」

「申年《さるどし》だよ。ほら、桜田門外《さくらだもん》であれがあった年」

何度も太い指を折ったあと、岸田がつぶやくようにいった。

「その間《かん》十三年か。西洋画を志してからずいぶんと経《た》ってたんだな」

「そうだな」

唸《うな》るようにいった由一の脳裏にあの頃の出来事が駆け抜けていく。天保十五年の末には年号が弘化に変わり、弘化も五年で嘉永となってそして嘉永六年、黒船騒動が巻き起こる。

「世情が騒がしかった」

「たしかに」

岸田もうなずいた。畳の一点をじっと見つめていた由一はやがて圧しだすようにいった。

「儂は肚を決めかねていた。家中のお抱え絵師として禄《ろく》を食《は》むのは無理だった。だからといって今のご時世のようにすぐに西洋画家などというわけにもいかない。それに嘉永七年の夏あたりから摂津守様のご様子が思わしくなくなって……、ほら、安政と変わったろ」

「たしか十一月《しもつき》だ」

「そのひと月くらい前にな、とうとうご薨去《こうきょ》あそばされたんだ。ご嫡男は逝去されていたからご嫡孫が三代目を継がれた。まだ十二だった」

「外じゃ攘夷《じょうい》だ、倒幕だとうるさくて、内では若い殿様か。それじゃ、家中もがたがただったな」

「ところが、そうでもない。堀田家は堀田家だからな」

由一は佐野藩の出だが、佐野藩自体、より大きな佐倉《さくら》藩の支藩であり、どちらも譜代中の譜代、堀田家が治めていた。

「親藩《おや》から重職に任じられて佐野堀田家に来られた方が立派でな。家中は揺るぎもしなかった」由一は岸田に目を向けた。「今、侍講をされている西村《にしむら》様という方を知ってるか」

侍講は宮内省職員で、いわば明治天皇の教育係だ。

「いや、そんな偉い方にはとんとご縁がない」

岸田が首を振る。

「西村様はもともとが佐野堀田家の家臣の子なんだ」

「あんたと同じということか」

「いかにも。西村様も儂も佐野堀田家江戸上屋敷内の生まれで、しかも同い年だ。生まれた場所と時を同じくしてもあとになるほどずいぶん違ってくる」

「それはいろいろ……」いいかけた岸田が言葉を切り、はっとして由一を見返す。「ひょっとして幼なじみということか」

由一はうなずいた。

「藩主《との》が代替わりされても家内がわりに安泰で、儂までのんきにやっていられたのは西村殿のおかげだ」

敬称が様から殿に変わっているのが自分でもおかしかった。

「そうこうしておるうちにあの大地震だ。あのときお前さんは？」

岸田の顔がたちまちくしゃくしゃっとなり、張りのない声でぼそぼそといった。

「昌平黌《しょうへいこう》におった」

「お前さん、昌平黌から吉原に流れたというのかい」

由一が驚くのも無理はない。およそ百年ほど前、昌平坂に開所された幕府直轄の学問所の通称が昌平黌だ。開所時から本邦随一の学問所として知られ、明治となって廃止されながら真髄は工部大学校、そして東京大学に受け継がれている。

「中抜きすりゃそんなところだな。おいらにもいろいろあったんだよ」

「昌平黌なんて初めて聞いた」

「おいらだってイノさんが狩野で修行したなんて、ついさっきまで知らなかったんだ。おあいこだろ。とにかく地震だ。それがどうした？」

「肚を決めかねていたといっただろ。儂はあの夜、道場で稽古してたんだ。もちろん絵ではなく、剣術の方だがな」

「剣は継がないことになったんじゃねえのかい」

「そうはいっても禄をいただく身だ。何もしないわけにはいかない」

儂はずっとそうだったと由一はしみじみ思った。安政二年の大地震の直前、祖父源五郎《げんごろう》が没し、家と老母とを守らなければならなくなった。その後女房をもらって、安政五年には息子が生まれている。好きだからといって売れもしない絵ばかり描いていたところで一文にもならない。

「道場は上屋敷の内にあった。そこでグラグラッと来て、すわとばかりに飛び出し、とりあえず馬見所に家来たちは集まった。すぐにというわけにはいかなかったが、地震の夜の絵を六枚ばかり仕上げて殿に献上したんだ。今から思えば稚拙なものだが、石刷りの版画風にしたものだから真に迫ってると評判にはなった」

「それで洋画で食えるようになったわけか」

「そんなたやすくはいかないよ」由一は笑った。「それでも文久二年のことだ。ある人の口利きで蕃書調所《ばんしょしらべしょ》の画学局に入れることになったんだ」

いくつもの運が重なったと由一は思っている。そもそも蕃書調所自体が井伊大老によって廃止されるところだったのだが、桜田門外の変で長らえることになった。

「ちょうどギンさんと出会った頃だ。それまで入門が許可されていたのは直参だけだったのが陪臣《またもの》にも門戸が開かれて、それで儂も門下生となれたわけだ」

いろいろ学ばせてもらったと由一は今でも思っている。まずはオランダ語で書かれた油絵の技術書の翻訳があった。絵の下地作りに始まり、運筆や彩色の技法、それぞれに使う道具、絵の具や溶くための薬品の数々、見ること聞くこと珍しく、自分たちの手で再現できれば驚きもあり、何より楽しかった。

だが、画学局といいながらそこにいるのは蘭語《オランダご》の専門家が大半で、本寸法の絵師がいない。文献を漁《あさ》ることはできても実際に絵筆を揮《ふる》える者がなかった。

「画学局に入ってかれこれ四年という頃だ。出入りをしている日本橋の紙問屋でひょんな名前を聞いた。横浜でアメリカ人といっしょになって商売をしている岸田吟香なる男がいるとね。よく聞いてみると昔は吉原で妓楼の主に収まってたというじゃないか」

「とんでもねえ野郎だ」

岸田が含み笑いをする。

「いやいや儂が昔から知ってるギンさんなら何やらしでかしそうな男だとは思っていたからね。それにしても横浜で初めてかの御仁に会ったとき、第一声には度肝を抜かれた。アメリカ人なのに何て謙虚な方だとね。何しろ……」

慶応二年夏のことだった。

3

「ヘボでございます」

広々とした玄関に現れた長身の異人から思いもかけない日本語が飛びだし、佁之介はぎょっとして岸田を見た。

日本橋の紙問屋で、岸田が横浜の外国人居留地の西にある丘の上で外国人の屋敷に居候していると教わっていた。居留地には商館が密集していたが、丘の上にはぽつりぽつりとしか建物がなく、すぐに見つけることができた上、門を入って重々しい扉の前で声をかけると岸田が顔を出した。しかも二年ぶりの再会にもかかわらず、つい昨日も会っていたような気安さで屋敷の中に入れてくれたのである。

扉の内側の広々とした三和土《たたき》――といっても土間ではなく、板間になっていた――で立ち話をしているときに階段を異人が降りてきた。佁之介に向かって頬笑み、会釈をしたあと、わずかの間岸田と話したかと思ったらいきなり声をかけてきたのである。

「あ……、いえ……」

へどもどしている佁之介の袖を引き、岸田が小声で伝える。

「当家の主人、ヘボ先生でございます。お医者様をされております」

医者で、ヘボ? しかも本人がへりくだって僭称《せんしょう》するならともかく岸田までがヘボという。異国風の名だろうが、いくら何でもヘボはまずいだろう。佁之介があわてた理由はそこにあった。何とか岸田にうなずき返し、ヘボ先生に向きなおった佁之介だったが、相手の方がはるかに背が高く、どうしても顎が上がる。顎が上がれば咽《のど》が締めあげられる道理で声が裏返った。

「たか、たかは……」咳払《せきばら》いする。「ご無礼つかまつった。拙者は下野国佐野、堀田家中高橋佁之介と申します」

「丁寧なご挨拶畏れ入ります」

低くて張りのある声が玄関の高い天井に響きわたった。ヘボが二階から降りてくる前に佁之介は岸田に来意を説明してあった。はるばる横浜までやって来たのは居留地に住む異人絵師を紹介して欲しかったためだ。しばらく岸田の話を聞いていたヘボは太い眉をぎゅっと寄せ、険しい顔つきになった。岸田に答えているときも表情は変わらない。

やがて岸田が怡之介に顔を向けた。

「残念ながら先生にはお心当たりはないそうでございます。しかしながらせっかく横浜までいらしたのだから、小生にお供をしていっしょにお探しするように、との仰せにございます」

「それは神助《しんじょ》、かたじけない」

ヘボ先生に向きなおり、怡之介は外国人居留地を訪ねるために覚えた英語を披露した。

「さんきゅうべりいまっち」

「どういたしまして」

帽子と杖《つえ》を持った岸田とともに屋敷を出た。庭を横切り、門を出たところでふり返り、怡之介は訊いた。

「ありゃまずいだろ、ギンさん？」

「何が？」

「お医者でヘボ」

口にしたとたん、岸田が巨体を折って大笑いし、その後噎《む》せた。何とか息を整え、躰を起こす。

「ヘボじゃねえよ、イノさん。ヘボン、へ、ボ、ンで尻にンの字がつく」

「そうなのか」

佁之介はようやくうなずいた。

どうもアメリカ人の名前はややこしくていけない――。

丘を降り、橋を渡れば居留地になる。二人は半日近くもさまよい歩いたが、手応えのないまま、最初に渡った橋まで戻ってきた。

「面目ねぇ、まるで役に立たなかった」

欄干に両手を置き、川面《かわも》を見下ろした岸田が頭を下げた。佁之介があわてて岸田の肩に手をかける。

「とんでもないよ、ギンさん。居留地の事情などまるで知りもせずに、あんたの名前を小耳に挟んだってだけでいけ図々《ずうずう》しくもやってきたんだ。かえって迷惑をかけた」

居留地に並んでいるのは商館ばかりで油彩画の指南をしてくれそうな絵師など一人もいなかった。ヘボンは心当たりがないといい、岸田にしてもあてがあったわけではない。門に絵師と看板が掛かっているところもなかった。とにかく二人そろって手当たり次第に屋敷に飛びこんでは二つのことを訊いた。

ここは西洋画の絵師《ペインター》の屋敷ではござらぬか――。

近所に住むペインターにお心当たりはござらぬか――。

どこの屋敷でも返事は否《ノー》。一軒、また一軒と回るうち、二人の足取りが重くなっていったのはどうしようもなかった。

佁之介も目を下に向け、よどみなく流れつづける川を見つめている。

「それにしても見事なまでに商家ばかりだったな。あやつらの国には商人しかおらんのか」

「まさか」岸田が笑う。「百姓もあれば、武士もある。横浜に来てるのが商人ってだけだ」

「商人ばかりがなにゆえやって来る？」

「そりゃ儲かるからに決まってらぁ。あいつらが買っていくのは大半が絹だ。これまで何度も御公儀がご禁制の布令《ふれ》を出したが、必ず抜け駆けする奴《やつ》がいる。異人相手の商人もあれば、百姓をたばねて生糸を掻き集めてくる庄屋もいて、そいつが大儲けするわけだ。誰かが抜け駆けして大儲けをすれば、ほかの連中は面白くねえ。そっちこっちで御公儀の目を盗んじゃ、絹を売りさばいた。いつの間にか多摩《たま》から横浜まで街道ができちまったよ」

「そんな街道あったたっけ？」

「ない。だが、多摩の百姓どもが絹を載せた車を牛に曳《ひ》かせて草っ原をやって来る。最初は草が踏みつぶされるだけだ。そのうち草は枯れて、地面は踏み固められ、一本の道になり、少しずつ幅が広がって今じゃ、東海道より立派だって威張ってやがる。とんでもねえ話だが、それが金《おあし》の力ってもんだ」

岸田が佁之介に顔を向ける。

「知ってるかい、イノさん？　異人どもが絹の代金を払うときには銀だが、異人どもから物を買うときには金……、小判じゃなきゃ受けとらない」

「どうして？」

「自分の国から銀、いうところの洋銀ってのを持ってきて、それを小判に替えて、国許《くにもと》へ持ち帰れば、それだけでさやが稼げるんだそうだ。おいらもどんなからくりになってるのかよくわからねえが、何でもあいつらの国許じゃ、金と銀とじゃ、ずいぶん値打ちが違うんだそうだ。江戸でも横浜でも大阪でも金一枚がせいぜい銀の二、三枚だが、奴らの国許じゃ金一枚が銀だと十枚、二十枚に化けるらしい。そのおこぼれにあずかってるのが横浜の商人どもよ」

「そういうギンさんだって……」

「見損なってもらっちゃこまる。ヘボン先生は医者であるまえに牧師様なんだ」

「ぼくしってのは何だい？」

「耶蘇《やそきょう》教の坊さん」

「お医者だろ」

「そう」岸田が平然と答える。「医者と坊主を兼ねてるんだから手間がかからなくていいや。おいらは先生が字引をつくろうってのを手伝ってる。英語の言葉を引けば日本語が出てきて、日本語を引けば英語が出てくるって寸法だ。先生はアメリカ人ながら少しはこちらの言葉も使う。だけど片言だ」

「それで字引か」

「そういうこと。なあ、イノさん、漢字に五体あるのは知ってるだろ」

「楷書、行書、草書、隷書、篆書《てんしょ》」佁之介は指を折りながらいった。「これで五体か」

「ご名答。仮名の方にも同じだけ種類がある。はばかりながら岸田のギン様はその仮名五体に通じておる」

太い胴を反らし、鼻の穴を大きくふくらませた。

「それだけの奴ぁ、滅多にいねえ。おいらにゃ四角い漢字をびっしり並べてありがたがってる連中の了見が解せねえんだ。普段喋《しゃべ》ってるとおりに書きゃいいじゃねえか。字がないというならわかるけど、かながあるんだよ。かなばっかりにすりゃ、喋ってる通りに書けるし、そもそも読み下しなんて面倒な真似も要らねえ。漢字ならいくつ覚えなきゃならない？　五万か、十万か。いろはだけならたったの四十八文字、女子供にだってすぐに読み書きができるようになる。ヘボン先生もおいらもできるだけ多くの人が本を読めるようにしたいってわけさ」

「たいそう立派な心がけだ」

佁之介は生真面目に答えたが、民百姓、女子供が書を読めるようになることがそれほど立派なことかよくわからなかった。書物なんぞ読めたところで屁理屈ばかりこねるようになるし、生きていくのが面倒になるだけだろうに……。

「さて」佁之介は欄干を両手でぽんと叩いた。「今日のところは仕方がない。帰るとするよ」

「役に立てなくて……」

「もうよしなって。何だかあんたにはまた会いそうな気がする」

「おいらも同じことを思ってた」

それじゃと橋の上で別れ、佁之介はふたたび居留地に向かって歩きだした。真ん中を突っ切り、のんびり江戸に向かおうかと歩いているとき、後ろから声をかけられた。

「高橋殿ではござらぬか」

ふり返ると蕃書調所画学局の同僚で榊《さかき》という男だ。

「おお、これは」

「こんなところで何をしておいでだ」

榊の問いに答える恰好で、佁之介は居留地にやってきたわけを話しはじめた。

「その榊殿という方がイノさんにとっちゃまさに拾う神だったよなぁ。おいらは捨てる方だった」

少しばかり拗《す》ねたような物言いをする岸田の顔を見て、由一にふといたずら心が湧いてきた。

もうちょっとからかってやろうか……。

「拾う神は榊さんだけじゃない。画学局の皆にも助けてもらった」

由一は顔を上げ、宙に向かって目を細めた。

「西洋画だ、油絵だといっても右も左もわからない時代だった。誰も彼も一生懸命だったし、儂も及ばずながら走りまわったもんさ」

「殊勝をいうね。その人の好《よ》さのせいで絵描きとしちゃ今ひとつ伸びなかったのかも知れんが」

ちこんと胸に刺さるひと言ではあった。ふり返ってみれば、画道に邁進《まいしん》するのだと心に決めながらいつも家と家族を背負って歩いてきたような気もする。潔さに欠け、岸田のいう通りに伸びなかったかも知れない。

岸田がにんまりする。

「冗談だよ。イノさんは我が邦洋画史に残る偉大な絵描きだよ」

「おだてたって美術会の会頭はやらないよ」

「その話はわきに置いて。ただ、何だ、蕃書調所たぁ、徳川《とくせん》のお役所だろ。蘭書の翻訳を一生懸命やってただけじゃねえのかい」

「翻訳ばかりじゃないさ。画学局の頭取をされた川上冬崖《かわかみとうがい》先生は絵心もある方だ。それ以上に蘭語に精通されておって、蘭書の講読に才を発揮されたのも間違いではない。川上先生のご指導があったおかげで我らは蘭語で書かれた絵の研究書をことごとく読めたんだ。文明開化が明治の専売特許だなんてのは嘘っぱちだ。それはあんたもよくわかってるだろう」

「確かに。薩長の連中に文明の何がわかるって奴だな」岸田が腕を組み、大きくうなずく。「なるほどねぇ、蕃書調所画学局ってのは多士済々《たしせいせい》だったわけだ」

「その通り。中でもとくに儂が世話になったのは曲淵《まがりぶち》さんと島《しま》さんだな」

由一は画学局の同僚だった曲淵敬太郎《けいたろう》と島霞谷《かこく》を上げた。

「何もかも手探りだった。道具だって外国からほんのちょっぴり入ってくるだけで、高かったし、数が少なかった。だから自分たちでこさえるしかなかった。こさえるったって手先の器用な奴が見よう見まねで作るんだからなかなかうまくいかない。局内だけじゃどうにもならないとなって、市中でも指折りの筆造り名人を訪ねて、ああして、こうしてと頼んで作ってもらったんだが、毛が抜けちゃってね。知ってるだろ？　その頃の絵はたいてい顔料を水で溶いて描いてた。ところが、西洋画は、油絵ってくらいだから顔料を油で溶く。だから粘りっ気がすごいんだよ。一塗りすれば、毛が抜ける。ひどいときには最初に一筆描いただけで穂先がすっぽり抜けちまったこともあった」

「苦労したんだねぇ」

岸田が漏らしたひと言に由一はなぜか頰笑みが浮かんでくるのを禁じえなかった。

「ところが、楽しかった。それこそ寝食を忘れてという奴だ。毛を留める糊《のり》を変えてみたり、ひと束の毛を真ん中で結んで二つ折りにして、そいつを軸に釘《くぎ》で留めて穂先をそろえて使ってみたり、ああでもない、こうでもないっていいながらね。だから少しでもうまくいけば、皆で大騒ぎだ。ここでも拾う神だ。何だと思う？」

「さあ、見当もつかない」

「名人が現れたんだ。そやつの作る筆はこってり油絵の具を盛っても毛が抜けにくい。その男は本所の職人だったんだが、両国《りょうごく》の広小路《ひろこうじ》で露店を出してんだ。だから値もめっぽう安い。その男を見つけたのが誰だったか忘れちまったけど、とにかく我も我もと皆が作らせた」

創意工夫の連続だった。西洋画を描くのにナイフを使うとあれば、竹べらや鯨の髭、食器として使われた西洋ナイフの古いのを研いでみたり、西洋の画家たちはパレットという板の上で絵の具を溶いたり、混ぜたりするのだが、板よりは使い勝手が良かったので、刺身用の皿の古いのを代用したりした。

「何だか使い古しばかりじゃねえか」

岸田が呆れる。由一は首を振った。

「役に立てばいいんだ。刺身皿だって捨てられるばかりになっていたところにもう一度お役が回ってくれれば、皿冥利に尽きる」

岸田がついに吹きだした。

「ところで、ギンさんも絵を描くが、裏張り、下塗りはやるかい？」

「ほとんどやらねえな。たいていは紙に筆でさっさと描いて終わりだ」

「ちゃんとした絵のときには裏張りをして礬水《どうさ》引《び》きをするだろ」

礬水は膠《にかわ》とミョウバンを混ぜた溶液で、あらかじめ紙一面に塗って乾かしておくことで滲《にじ》み止めとなる。

「だが、油絵の具を使うとなれば紙を何重にも貼り合わせたり、木綿の布を使う。木綿布だって裏張りをするし、木枠に広げてぴんと張らなくちゃならない。木綿じゃ足りなくて麻布を使うこともある」

「舟の帆じゃあるまいに」

「そう、帆布《はんぷ》だよ」

「あんなものざらざらでとても筆なんか乗らないだろう」

「それで下塗りをするんだ。絵の具が染みこまないようにするだけじゃなくて表面を滑らかにする。それに下塗りは大半が白だ。真っ白の上に絵の具を乗せりゃ、色が鮮やかになる。こうしたことを一つひとつ教えてくれたのが曲淵さんや島さんだった。元の知恵は川上先生が蘭書を読み解いてくれたんだがね。あとは局員たちが実地に試した」

「いろいろ大変だな」

「面白かったよ。飽きず懲りず皆で大騒ぎしながらやってたもんさ」

真っ白に塗った紙や布の上にそれまで見たこともない鮮やかな朱や黄、群青が次々現れるのは驚きだった。しかも濃淡の差をくっきりつけられる。差がくっきりするほど影の中で光を浴びる様子が再現できた。

「へえ、辻斬りだ、強盗だ、火付けだって物騒な頃にねぇ」

「たしかに太平楽ではあるな」由一はちらりと苦笑した。「だが、油絵を学んだのは何も画学局が初めてというわけではない。渡辺崋山《わたなべかざん》先生も北斎《ほくさい》もやった」

「北斎は浮世絵だろ？」

「油絵もやってたろうが。のぞきからくりの中身だよ。あれは富士山だの、賑《にぎ》やかな見世物小屋が並ぶ通りを描いたもんだが、今から思えば本寸法の油絵だ。あのお人は何でもやっちまう。かなわねえよ。北斎の絵はフランスやイギリスで高く売れたから大半はあっちへ持ってかれたらしいがね」

由一は身を乗りだした。

「何より儂が感心したのは分厚く塗れることだ。たとえば人の顔にしても黒子《ほくろ》は出っ張ってるし、あばたは凹《へこ》んでる。皺《しわ》は刻まれてる。そいつをそのまま絵に描けるわけだ」

「あばたや皺を描いたところでつまらんだろう」

「何をいうか」由一は声を張った。「平ったいんじゃない。そこにあるものをそのまま絵の上に移せるんだ。こんな画術があったのかと儂は心底驚いたし、やってみたかった」

画学局に入って一年ほどした頃、動植物や鉱物の図譜を作ろうという話が持ちあがった。文久年間のことで由一がまだ佁之介だった頃だ。魚類を担当した佁之介は来る日も来る日も上がったばかりの魚を目の前に置き、写生していた。だが、すぐに魚の活《い》きは悪くなり、目や肌の色が変わっていく。日によっては市場、さらには湊《みなと》にまで出かけていって写生した。

微に入り細をうがった佁之介たちの絵は大評判を呼んだが、細部を描くほど目の前に横たわっている魚から離れていくように思われた。図譜である以上、細目がわかれば用は足りる。いや、むしろ細かく、きちんと描いてある方が実物を目の前にしたとき、その魚の特徴をつかむのには役に立つ。

だが、佁之介——由一は徐々に不満を募らせていった。凸凹をあるがままに表現できる油絵の手法を学びつつあれば尚更《なおさら》のことだ。元号が文久から元治、慶応と変わるまで図譜を描きつづけていた由一だったが、不満は積もりに積もっていく。文献から知識を得、実地にあれこれ試していたものの、本式の西洋画を描ける者が周りにはいなかった。絵心があっても描けたのは、油絵の道具を使った日本画だったのである。

そうして悶々《もんもん》と日を送っていたとき、日本橋の紙問屋でおかしな噂を聞いた。元は吉原遊郭の主だった男が今はアメリカ人と組んで横浜で商売をしており、その名をギンジという、と。目の前にいる岸田にほかならない。

「とにかく儂はちゃんとした異人の画家に教えを請いたかった」

居留地で偶会した榊が中町にイギリス人画家が住んでいることを知っていて、二人で押しかけたのだが、弟子入りはかなわなかった。二人の英語が通じなかったのである。

「それでまたギンさんに相談に行っただろ。そして伊勢屋《いせや》に頼んでみてはどうかといわれたんだ」

「ああ、伊勢屋は横浜の運上所で鑑定役をやってたからね」

日本橋の金物問屋伊勢屋が横浜の運上所で鑑定役を請け負っていたのは鉄砲を扱っていたからにほかならない。

「ギンさんこそ、儂にとっては拾う神、救いの神だったのさ」

「何いってるんだい」岸田がきな臭い顔つきになる。「わけがわからねえよ」

「先ほど西村殿の話をしたろ。あの方の弟が武家から商人に転じて、それも異人相手の商いをしておった」

岸田の目がみるみるうちに見開かれる。

「それじゃ……」

「そうとも。西村殿の弟、勝三《しょうぞう》さんこそ横浜運上所の鑑定人だったんだ」

「へえ」岸田が唸る。「世間てのは広いようで狭いもんだ」

「通辞を頼みに行ったら二つ返事で引きうけてくれただけでなく、ワーグマンとの交渉役まで買って出てくれてね」

「運上所鑑定人がうしろについてりゃ鬼に金棒だ」

「ああ、心強かったよ」

「そして、そこに五姓田義松がいた」

うむとうなずいた由一の脳裏に初めて五姓田を見かけた日の光景が鮮やかに蘇《よみがえ》る。

画室ではワーグマン自身も絵筆を揮っていたし、弟子たちも入れ替わり立ち替わり二、三人ずつ絵を描いていた。床に紙を広げる方式ではなく、画架《イーゼル》にキャンバスを立てる本式である。

初めて画室に入れてもらえた日、隅に置かれた画架に載せられている絵に由一の目は釘付けになった。弟子の一人が描いた物のようだったが、飛びぬけてうまい。ひょっとしたら師匠のワーグマン以上ではないかと思われた。

ぼんやり眺めている由一のわきを、もじゃもじゃの髪をざんぎりにした日に焼けて真っ黒な子供が通りすぎていった。下働きでもしているのだろうと思っていたら由一が見つめていた絵の前に立ったかと思うと足下の筆を執り、いきなり絵に向かって下ろしたのである。

「危うく怒鳴りそうになった。いたずらにもほどがある、と」

「それが五姓田か」

「十歳くらいか。とにかく子供にしか見えなかった」由一はふっと息を吐き、畳の一点を睨みつけて目を細めた。「ところが、その一筆が見事というほかなかった。すたすたと歩いてきて、筆を持ちあげて、迷うことなく下ろす。並みではない。生まれながらの天才というのはいるもんだ」

「神童か。兄弟子になるんだよな。十歳《とお》の兄弟子はいささかつらいものがあったろう。あんた、いくつだった？」

「かれこれ四十だ。だが、何度か見ているうちに慣れた。五姓田にもワーグマン先生にもね。そして思ったもんだ」

「何と？」

「うまいが、薄いし、軽い」由一の口元に笑みが浮かぶ。「またしても西村殿のご登場だが、その先にはギンさんがいたんだよ」

「よせよ、気味が悪いな」

岸田は首をすくめ、背中をぶるっと震わせた。

4

慶応二年師走――。

「此度《こたび》はお招きにあずかり、まことに恐悦至極に……」

手をつき、頭を下げて口上をいいかけた佁之介の頭上から声が降ってきた。

「ちゃいちゃいちゃい……、堅苦しいのは抜きにしようや」

手をついたまま、目だけ上げる。座布団の上でだらしなく膝を崩し、脇息《きょうそく》に左肘を乗せた西村平八郎《へいはちろう》――のち茂樹《しげき》と改名――が面倒くさそうに手を振っていた。

「洟《はな》を垂らしていた時分からともに駆けまわり、互いに佁之介、平八郎と呼びあっていたではないか。今宵《こよい》はあの頃を思いだして無礼講で参ろう」

「はっ」

「それがいかんといってるんだ」

三番町《さんばんちょう》佐野堀田家上屋敷の敷地に西村邸はあった。同じ敷地に佁之介の住まいもあったが、大きさは四半分もない。

「さ、さ、膝を崩して、楽に楽に」

せき立てる西村に促され、佁之介も膝を崩した。左には火鉢、右前には膳部が置かれている。火鉢には鳩《はと》の形を模した陶製のちろりが置いてあった。炭は中央にちろりはわきの灰の上にある。西村が鳩の胴の上に飛びだした取っ手をつまみ、差しあげた。

「まずは一杯いこう。お主と飲むのも久しぶりだ」

久しぶりどころか西村と差し向かいで飲むなど初めてではないかと猪口《ちょこ》を差しだしながら佁之介は思った。元は同じ年に佐野堀田家中に生まれ、西村がいうように幼い頃は近所の悪ガキたちと駆けまわったものだ。だが、十歳にもなると西村は国許の藩校に入り、卒業後は砲術を学んだ。江戸では名の知られた佐久間象山《さくましょうざん》の私塾で砲術修行までしている。互いに佐野堀田家の生まれながらぬきんでて頭のよかった西村は親藩佐倉堀田家に仕えた。

そして嘉永六年、ペリーの来航が西村、ひいては佐倉藩の命運を大きく変えた。衝撃を受け、危機感に駆られた西村は佐倉藩主堀田正睦《まさよし》に意見書を出し、藩主の命を受け、ついに老中阿部正弘《あべまさひろ》に海防策を献ずるに至った。正睦自身も幕閣において出世し、ついには老中にまで登りつめている。

酒を注《つ》いでもらったあと、ちろりに手を伸ばそうとすると西村がさっと引き、手酌をした。

「ちゃいちゃい」

うるさいくらいの意味だろうか。佁之介にはよくわからない。互いに飲んだ。口中を火傷《やけど》しそうなほどに燗《かん》がついていたが、西村は平気な顔をして飲んでいる。以降は手酌となった。

膳には白身魚のなます、ぜんまいのゴマ和え、香の物が並んでいたが、重役が供するにしては質素といえた。台所事情がよくないのは全国津々浦々の諸藩みな同じで、ひいては武士そのものが凋落《ちょうらく》の一途をたどり、商人や百姓に士分の株を売る者が続出している。

しばらく飲んだところでなますを口に運び、酒で流しこんだ西村が訊いてきた。

「今、蕃書調所では何をしておる？」

「図譜を作ってる。儂はもっぱら魚の絵を描いてる」

猪口を口元に持ちあげたまま、西村が片方の眉を上げて佁之介を見た。

「面白いか」

「お役目なれば……」答えかけたが、気が変わった。「面白い。儂は絵を描いているのが性に合っているようだ」

「そうか」

うなずき、猪口を干した手ずからちろりを取りあげる西村を見ながら佁之介は礼をいった。

「そうそう、今年の夏は勝三さんにたいそう世話になった。遅くなったが、改めて御礼を申しあげる」

横浜の運上所で鑑定人をしている伊勢屋の勝三のおかげでワーグマンの弟子になることができた。

「お前のあとについていっただけだと聞いてる。別段何にもしなかったといっておったがな」

お主からお前に変わったが、かえって気が楽になった。

「いやいや顔を見せてもらうだけで千人力だ」

決して大袈裟《おおげさ》ではない。弟子入りを申し出てもけんもほろろだったワーグマンが豹変《ひょうへん》し、喜色満面で佁之介を受けいれたのは、横浜の実力者西村勝三が付き添っていたからだ。

手にした猪口を宙に止め、西村がじっと佁之介を見た。

「ところで、お前、清国《しん》に行ってみる気はないか」

「清国ねぇ」佁之介は首をかしげた。「儂が学んでいるのは西洋画だ。フランスやイタリアならともかく清国ではどうなのだろう。今さら山水だの南画だのではないがなぁ」

「違うよ」西村が穏やかにいう。「もう二十数年も前になるが、清はイギリスと戦争をしてね」

原因はアヘンにあった。イギリスは清に大量のアヘンを輸出して大儲けしたが、一方清では中毒が蔓延《まんえん》し、清朝政府が取り締まりに乗りだした。商人たちは在庫のアヘン提出には応じたものの、罪を認め、今後アヘン商売を行わないという誓約書の提出は拒絶した。ならばとばかりに清朝政府が武力で迫ったため、イギリス商人たちは逃げだし、マカオに拠点を移すしかなかった。

当時、イギリス海軍東インド艦隊は戦闘態勢が充分に整っておらず、これを好機ととらえた清朝軍はさらに追撃をかけた。体制不充分ながらもイギリス海軍が応戦、ここに後世にいうアヘン戦争が勃発したのである。

イギリス側は自国民を守るために致し方なく応戦したという体《てい》を装い、清朝はそもそもアヘンを売りつけ、戦争のきっかけを作ったのはイギリスの悪辣なる国策だと非難した。

「国同士がやろうと喧嘩《けんか》は喧嘩だ。双方に言い分はある」西村はあっさり切って捨て、先をつづけた。「戦争自体は二年でけりがついた。もちろんイギリスの勝ちだ。軍艦や大砲の性能がまるで違う。ありていにいえば、清はイギリスに負けたんじゃなく、四隻のイギリス軍艦に袋だたきにされて降参したんだ」

ちょうど十年前、ペリー艦隊に押しかけられた徳川政権下の西村、佁之介にとっても他人ごとではない。西村があとをつづける。

「清はいくつか港を開いた。外国船が自由に港に出入りするようになっただけでは済まず、周りの土地も差しださなくてはならなかった。領地にされたわけだ。そこへフランスだのアメリカだのが便乗した。清の人間には面白くなかったろう。戦争に負けたのも領地を盗《と》られたのも政府が腰抜けだからだ……、これもどこかで聞いたような話だが」

西村が苦い顔をして酒を飲みほす。佁之介はちろりを取って差しだした。西村は受け、話を継いだ。

「実をいえば、清国は今でも内輪もめをしておる」

「二十年以上もか」

さすがに驚いて佁之介は訊きかえした。西村が沈痛な面持ちでうなずく。

「今年も大規模な戦があった。だが、列強は自分たちの城塞に被害が及ばないかぎり何もしない。清の内輪もめは、かの国そのものが弱っていくだけで、かえって都合がいいくらいさ」

「なるほど」

「溺れる犬は打てだよ。この機を逃すまいと御公儀《おかみ》も棒を持つことにした。それでアメリカ、イギリス、フランス、イタリアに使いを出している。清にも、だ。ついては佐野堀田家中からも人を出せということになった」

「それで清に行くわけか」

「上海《シャンハイ》に、な。惜しむらくはわが家中は小さい。せいぜい上海までだ。香港やマカオにさえも届かない。だがな、佁之介、今の上海にはアメリカ、イギリス、フランスがそれぞれ領土を持って多数の人間を常駐させておる。清であって清にあらず。中味は西洋だよ」

「なぜ儂に？」

「特技でご奉公するときが来たんだ。喜べ。上海の様子を思う存分写しとってきてくれ」

　西村邸で話を聞いてから一ヵ月もしないうちに佁之介は船上の人となり、横浜を出て五日後には上海に到着していた。

　洋上のみならず港に入ってからも佁之介は夢中になって絵を描いた。西村にいわれたからでもあったが、それ以上に初めて見る光景ばかりで興奮を抑えきれなかった。港から馬車に乗り、西洋旅宿にたどり着き、石を敷きつめた路上に降りた佁之介はぽかんと口を開け、辺りを見まわしていた。

　いきなり肩を叩かれ、目を向ける。洋装の大肥満漢——岸田が立っていた。二人は同時に、そして同じことを口にした。

「どうして、こんなところに？」

佁之介の参加した上海訪問団の頭株は遠江国《とおとうみのくに》水野《みずの》家家中の出で漢学者の名倉《なくら》松窓《しょうそう》といった。昨年、二度にわたって幕府使節団を率いて上海に来ており、今回が三回目であり、佁之介たち八名は何かと名倉を頼りにしていた。

旅宿浦江飯店《アスターハウス》は港からつづく大きな川の縁《へり》に建っている石造りの建物である。横浜の外国人居留地などで西洋風の建物を見てきた佁之介だったが、石を切りだして作られた五階建ての旅宿は大きいだけでなく、柱や窓に彫刻がほどこされ、荘厳ですらあった。もっとも同行した内の一人が漏らした感想には思わず笑ってしまったが――。

『石垣をくり抜いて家が造ってあるようだな』

案内された板張りの大広間には人が溢《あふ》れていた。大半が清国人や金髪碧眼《へきがん》の欧米人だ。昨年の夏以降、ワーグマンの画塾に通うようになっていたので異人の風貌には驚かなかったものの、誰がどの国の人間か佁之介にはまるで判別がつかなかったばかりか、どの顔も皆同じに見えた。

大広間の隅で佁之介たち一行はひとかたまりになっていた。しかし、名倉だけは一人、あちらこちらと歩きまわっている。もう一人、人々の間を縫うように動きまわっているのが岸田であった。清国人であろうと白人だろうと構わず言葉を交わし、笑い、時おり肩や二の腕を叩いている。アメリカ人と組んで商売をしているだけに物怖《ものお》じしないのだろうが、やはり大したものだと思わざるを得ない。

見るもの聞くもの珍しさに圧倒され、知った顔とてなく、一行は仲間内でぼそぼそ話すのみだった。赤ブドウ酒を注いだグラスを渡されていたが、酸っぱいやら渋いやら苦いやらであまりうまいとは思えない。

宴もたけなわとなった頃、岸田が近づいてきた。

「いやぁ、驚きましたぞ、高橋様」

「こちらこそ。岸田氏《うじ》はいつこちらに参られた？」

「去年の秋口です。高橋様に会って、一ヵ月ほどしてから横浜を発《た》ってまいりました。覚えておいでてでしょ、ヘボン先生」

「もちろん」

「字引を作っていると申しあげたと思いますが、本にするには上海に来なければなりません。活版印刷機があるのはここだけですから」

「カッパ？」

「か、っ、ぱ、ん」

岸田がくり返すのを聞いて、また尻にんの字がつくのかと思った。

「鉛で文字の型を取って、それで紙に刷るんです。木版みたいなものですよ」

「ほう、それは大したもので」

感心した振りをしたものの、その実、何が行われているか想像もつかない。

「高橋様はどうしてこちらへ？」

「拙者はかれこれ四、五年、蕃書調所画学局というところに出仕しておりまして西洋の絵を学んでおります。このたび縁ありまして上海を視察する一行に加わるよう家中より命じられたものですから。何でも諸国が当地に拠点を構えおるとか」

「ええ」岸田がうなずく。「このホテルを挟んで北側がアメリカ、南にイギリス、さらに南にフランスがそれぞれ領地を有しております。租界と呼ばれていますが」

「ほう」

またしても新しい言葉だ。

「それでは今回は画学局のお役目でございますか」

「さようです。今さっき岸田氏がいわれたアメリカ、イギリス、フランスの領事館や商館を回りまして絵師を探すつもりです。洋画の技法を学び、絵や諸道具を買い集めるよう命ぜられております」

「お心当たりは？」

岸田の問いに佁之介は苦笑し、首を振った。

「さっぱり。これから市中をあちこち歩きまわってはみますが、岸田氏にお心当たりがあれば是非ともご教授願いたい」

画学局の一員として洋画の勉強をし、いろいろ買い集めるのは上海に来た主な目的には違いない。もう一つの目的——西村平八郎に命じられた上海各地での写生については、岸田はおろか同行した訪問団の誰にも明かすわけにはいかなかった。

だが、初めて踏む土地で、清の言葉など片言も知らない佁之介が単独で動きまわり、要所を写生するなど荷が重すぎた。

『心配は要らん。手配はしておく』

西村はそういったが、具体的な指示は何もない。ざっと広間を見まわした佁之介は感心した。

「それにしても大変な歓待ぶりですな」

佁之介の顔に目を向けた岸田だったが、やがてぷっと吹きだした。

「失敬」

やや憮然として見返したが、岸田は平然として大広間の出入口に目をやった。

「ちょうどお見えになりました」

目をやると左右に開かれた大扉の向こうから羽織袴の正装に身を固めた一団が入ってくるところだった。最初に六、七人が入ってきたかと思うと左右に分かれて控える。中央を堂々と歩いてくるのは若い男だった。雪と見まがうばかりの純白の羽織、小袖に金《きん》欄緞子《らんどんす》の袴を穿《は》き、足袋、草履の鼻緒がまた純白、腰に差した小刀の柄糸まで白かった。

佁之介は声を低くして訊《たず》ねた。

「どなたでござるか」

「みんぶさまでございますよ」

かねてより面識のありそうな口調で岸田が答える。少しばかり自慢げな顔つきに見えた。無理もない。みんぶさまとは、徳川民部大輔《みんぶたいふ》、清水徳川家当主になったばかりの昭《あき》武《たけ》であった。幕命により三十余名を率いてパリに向かう途中、上海に立ち寄ったもので、明日には出港するという。

今宵は昭武一行の歓迎の宴《うたげ》だった。

「パリでござるか。何でまた」

何となく訊ねた佁之介を岸田が睨《ね》めつける。

「パリで万国博が開催されるのをご存じありませんか。みんぶさまは将軍家ご名代としてご臨席あそばされるのでございます」

「パリ……、万国博……、まことか」

「嘘ではございません」

岸田の答えを聞いた佁之介はふたたび昭武一行に目を向けた。岸田が袖を引いてくる。

「どうかなさったのですか」

「描いた」

「え？」

「画学局に下命があり申した。パリの博覧会に出品する絵を描くように、と。それで拙者も一世那翁《なおう》の肖像を本邦の童子二人が観《み》る図を描いて提出した」

「ええっ？」

今度は岸田が日を剝く番だった。たしかに佁之介は画学局にくだされた命令に従い、一世那翁ことナポレオン一世の肖像を描いている。もっとも参考にできる絵や文献などほとんどなく、画学局の同僚とああでもないこうでもないと相談し、なおかつ慣れぬ油絵として描きあげていた。

佁之介に白羽の矢が立ったのは、局員の中で西洋人に直接手ほどきを受けている者がほかになかったからでもあるが、見たことも聞いたこともないフランスの将軍を描くなど畏れ多いと誰もが尻込みしたからだ。

「へえ」岸田が嘆声を漏らす。「そんなご縁がおありとは」

「まあ」

佁之介は言葉を濁した。必ずしも満足のいく出来ではなかったからだ。

昭武一行が去り、広間の中も落ちついてきた頃、一人ぽつねんと立っていた佁之介のそばに清国人の中年男が近づいてきた。両手を袖に入れ、頭を下げる。佁之介も辞儀で応じた。

　男がいきなり話しはじめたが、一言隻句理解できない。清の言葉だったからだ。顔の前で手を振り、詫《わ》びようとしたとき、男が低い声でいった。

「やはり清の言葉、できないね」

　日本語である。おかしな訛《なま》りはあったが、充分に理解できた。

　それが寧波《ニンポー》から来た日本語のできる商人——という触れ込みの——陳学良《ちんがくりよう》との出会いだった。

5

「覚えておるかな、あれは三月に入った頃だったと思うが……」

　岸田がいうのを聞いて、由一は厄介だなと思った。三月は一八六七年、西洋暦のことで由一の記憶にあるのは慶応三年一月なのだ。

「芝居を見ただろ。フランス租界の真ん中にあった劇場で」

「覚えてる。古い時代……、たしか宋代といっておったか、そんな芝居だった。踊りや声色なんかは歌舞伎みたいだった」

　四馬路《スマル》にあった劇場だと由一は思いかえした。フランス租界の中央にあって南京東路《ナンキントンルー》、九江路《キューキャンルー》、漢口路《ハンカオルー》、福州路《フージョウルー》が交わる辺りで、付近には書店、画材店、絵画を売る店が建ちならんでおり、由一も上海滞在中はよく足を運んだ。

「あのとき、おいらは城内の書店に行ったんだけど、会いたいと思っていた相手はちゃんと約束しておいたのに出かけてやがった。それで代わりの者と話をすることになったけど、あんた、ちょうどそいつと会ってたんだよな。おいらが割りこんで悪いねっていったら話はもう済んだといってた」

岸田のいう城は上海県城のことだ。フランス租界の南側に隣接し、黄浦江《こうほこう》に面している。古い城壁が残り、東西南北に門があった。古い上海の中心地であり、誰もがよく出入りしていた。

だが、由一は首をかしげた。

「そうだったかな。そこまでよく覚えておらん」

かれこれ二十年以上も前の出来事だが、実はよく覚えている。書物だけでなく、古書や山水画も扱っていた店だが、それだけではなかった。あのとき会っていた店員は由一たち一行の窓口をしており、物品の売買だけでなく、当時の上海事情をあれこれ調べてくれた人物である。ずいぶん昔の話であり、話している相手が岸田であっても口外できないことがあった。

由一の胸の内に気づくはずもなく岸田が話をつづけた。

「そのうちそいつがおれの叔父は狂言作者だといいだして、ちょうど四馬路の劇場で芝居がかかっているから是非見てくれとおいらたちに勧めた」

「そうだったかも知れんが、儂はあんたと違って言葉がうまくできなかったからな」

「何、おいらだってあいつらと自在に話せたわけじゃない。筆談だよ、筆談。あいつらも漢字、我らも漢字、たいていのことは手控えに書いてみせれば通じたじゃないか」

「そうだが、儂はひと言二言書いて見せるのが精一杯だった」

「おいらだって変わりゃしねえさ。まあ、それはいいや。芝居を見たあと、あんた、おいらの宿へ来ただろ」

「ああ、伺った」

「まるで大名屋敷だなんていわれてさ。ずいぶんくすぐったかったよ。そんなに立派な家じゃなかった。だけどあんたたちがいたところに比べりゃ、たしかに大名屋敷だったかも知れないけどさ」

「そうだな」

頰笑んでうなずきながらも由一は背にじっとり汗が浮かぶのを感じ、自らを叱った。

おいおい、明治の御代となって二十年以上だぞ……。

「あんたらは八人だか九人だかいっしょになって王大人《ワンターレン》のお宅にいただろ。大人のお宅だって、決して狭いわけじゃないけど、居候が九人じゃ多すぎる。それに場所も不便なところだった。小南門《しょうなんもん》の近くでさ。フランス租界どころか、城の南側に出たところだった。あんたらのいたところに行こうと思ったら城内を横断しなきゃならなかった」

「舟を使えば、すぐだった」

「たしかに舟はたくさん行き来してたけど、岸についてからしばらく街中を歩かなきゃならなかったじゃねえか。どうしてアスターハウスにしなかったんだ？　あそこならアメリカ租界の中だし、川を渡ればすぐイギリス租界だろ、ちょっと南へ下るだけでフランス租界……、上海の真ん中だったから何をするにも便利だったろうに」

「あそこには空き部屋がなかったから」

「たしかにあんたたちが着いたときは、みんぶさま御一行がお泊まりあそばされていたし、同じ日にイギリスへ行く組もいた。だけど二日か三日のことだ。その間だけ王大人のお宅に泊めてもらうというならわかるがね」

まくしたてる岸田を、由一は穏やかな笑みを浮かべて見返していた。脳裏に上海訪問団の長、名倉の面差しが浮かぶ。

『こちらの王先生のお宅を我らが拠点とする』

王邸に入った翌朝の朝食後、別室において一行九名が主人の王とともに卓を囲んだときのことだ。

岸田がいうようにアメリカ、イギリス、フランスの租界、さらには上海県城をも縦断した先に王の居宅はあった。実は城壁の外側というのが一行には都合がよかったのである。

ときに慶応三年春、将軍徳川慶喜は薩長連合に追いつめられていた。由一たち上海訪問団にくだされた使命は、万が一の事態に陥ったとき、慶喜が落ちのび、反撃の拠点として上海のフランス租界を利用できるか探るためだった。

しかしながらフランスの国情を探り、亡命の可否を諮るなどといった大役を任されるほどの一団ではない。目的は上海の治安と市街地の地理を詳しく調べることにあった。

一八四〇年から二年間、清はイギリスとの間で世にいうアヘン戦争をくり広げ、大敗北を喫していた。一八四二年、両国は南京条約を結んで戦争を終結させた。条約によって清はそれまで広東《かんとん》、福建《ふっけん》、浙江《せっこう》の三港において清朝が認めた商社——公行《こうこう》と呼ばれた——を通じてだけ輸出入を行っていたが、さらに福州《ふくしゅう》、上海の二港も開いた上、自由貿易を認めさせられた。またイギリスに対しては、香港の割譲、六百万ドルにおよぶ賠償金支払いを強いられることになった。その直後、火事場泥棒よろしくアメリカ、フランスが乗じて条約を強要し、それが上海における三つの租界につながっている。

日本国内においては、諸外国に対する強気の姿勢が世論の大勢を占めており、攘夷の声が大きかった。一方、徳川幕府はアヘン戦争と清朝のその後についてオランダなどからの情報をもとに正確につかんでいた。その中にはイギリスの国力、武力、次なる狙い——ずばり日本——などの情報もふくまれている。はっきりしていたのはイギリス人が強欲であり、非キリスト教徒やアジア人などを人間以下と見下していたことだ。

幕末の動乱期、一時は幕府に近かったイギリスだが、幕府と反幕府勢力の趨勢《すうせい》を冷徹に見比べた結果、薩摩に鞍替えしていた。対抗上幕府はフランスと接近したのである。それゆえ万が一の事態に陥れば、幕府が頼りとできそうなのはフランスしかなく、将軍が拠点を置く場所として上海が考えられても無理はなかった。

そうした中、名倉たちは上海市内の様子を調べるために派遣されていたが、とくに注視すべきは治安とされていた。

アヘン戦争以後、中国国内では太平天国《たいへいてんごく》の乱をはじめとする内戦が頻発していた。太平天国軍を清朝が殲滅《せんめつ》したのは三年前に過ぎず、地方を拠点とする匪賊《ひぞく》の勢力は軽視できる段階にはなく、上海でも小競り合いが起こっていた。

万が一、将軍家が上海に拠点を移した場合の安全を確保しなくてはならず、また表面上はフランス一辺倒ではない姿勢を見せなくてはならない。名倉を長とする一行はそうした上海の実情について情報収集し、由一は市街地の道路や市場、要注意人物を細かく観察し、写生するよう命じられていた。

二人きりで酒を酌み交わしつつ上海行きを打診してきた西村平八郎は、清国の現状を語ったあと、顎を掻きながら由一の使命を説明した。さすがに明言はしなかったものの、由一にも将軍家のかなり危うい状況がひしひし伝わってきた。

岸田が由一をのぞきこんでいう。

「あんたらは五月四日に上海を離れることになってたじゃないか」

また、だと由一は胸の内でつぶやく。由一たち一行が上海を発ったのは慶応三年四月一日だ。

岸田がつづける。

「だから出立の前夜にさ、おいらは盛大な送別会を計画してたんだ。ほかの連中はともかくあんただけは顔を見せてくれると思ってたんだ。絵描き同士だし、付き合いも長かったろ。だけどものの見事に振られちまったな。ひどく暑い日がつづいていたから出窓にテーブルを出して夜風を肴《さかな》に一杯なんて支度をしてたんだ」

「そうだったのか。それはすまないことをした。しかし、儂も老いたもんだ。明日は出港ということでバタバタしていたはずだが……、よく思いだせん」

由一は畳に目を落としたまま、また首をかしげた。

忘れるはずがなかった。彼の地《かち》はすでに夏のような陽気で、連日の暑熱が凄《すさ》まじかった……。

大勢の通行人が行き交う通りに面したテラスで、肘かけのついた木製の椅子に老人がゆったり腰かけていた。顔の下半分を覆う真っ白な髭の先端は鳩尾《みぞおち》まで届いている。一尺余はありそうな、長く細い煙管《キセル》を右手でつまみ、向かいに座っている太った男に頬笑みかけている。口角はにゅっと持ちあがっているのに剃刀《かみそり》で引いたような細い目は笑っているように見えなかった。

相対している男は、大きく盛り上がった背をずっとこちらに向けたままだ。

壁に入った亀裂に目を押しあてていた佁之介は顔を離し、膝の上に広げた画帖《がじょう》に筆を走らせた。たった今目に焼きつけた老人の顔を迷わず描いていく。

「やっぱりうまいもんだね」

すぐ左にしゃがみ、佁之介の手元をのぞきこんでいた陳学良が感心してつぶやく。

「これが役目だからな」

答えたとたん、ひたいに吹きだしていた汗の粒がまぶたを越え、目の中に流れこむ。歯を食いしばり、舌打ちしそうになるのを堪《こら》えた。

三月《みつき》前、梅の花がほころびかけていた横浜を出港して五日で上海に着いた。船から下りたとたん、思わず首を縮め、背を震わせたものだ。上海は信じられないほど冷えきっていた。やがて春になり、夏にかかったかと思うと今度は凄まじい暑熱が襲ってきた。じめじめした熱気は真夜中を過ぎても一向冷めやらず、藁《わら》を編んだだけの薄っぺらな夜具の上で汗まみれのまま輾転反側《てんてんはんそく》をくり返した。

極端に寒く、極端に暑いのが上海。変わらないのはじっとりとした湿気だけだった。

老人の顔、肩、煙管を持った指先までを描いた佁之介はたまらず帽子《マオツ》をむしり取り、懐から引っぱり出した手拭いで顔から頭の天辺《てっぺん》まで一拭きした。

上海に来てから一度も月代《さかやき》を剃《そ》っていないものの二十歳を過ぎる頃からひたいが上に広がり、三十の坂も半ばとなる頃には天辺まできれいに禿《は》げあがっていた。そのため少しばかり無精を決めこんだところで月代が伸び、見苦しくなることはなかった。汗をひと拭きするのにも都合がいい。閉口なのは丈夫な木綿地を何枚も縫い合わせ、頑丈に作られた帽子で、頭にぴったり張りついてひどく蒸れる。

毎朝、顔を洗ったあとは髪を濡らし、櫛《くし》で撫《な》でつけて清国人風に頭の後ろで一本に編んでいた。陳とともに街中を歩くときに髷《まげ》を結っていたのでは人目に立ちすぎる。衣服も清国人風にしてある。清の男たちは頭の両わきをつるつるに剃り上げているので、そこは帽子を深く被《かぶ》って隠さなくてはならなかった。

帽子を被り直し、ふっと息を吐くとふたたび壁の亀裂に目をあてた。

佁之介と陳は、市場の北寄りにある商家の屋根裏に潜りこんでいた。石を積みあげた壁にはところどころ隙間が空いていて、目を当てると眼下の市場を見渡すことができる。市場は佁之介たち一行が宿泊している王邸《ワン》から南へ黄浦江を下ったところにあった。市場に潜入してすでに三日になる。

王邸に着いてからというもの佁之介たちは二、三人ずつに分かれ、市中を歩きまわっていた。佁之介は陳と組み、城内、仏、英、米の租界、ときには港まで出て写生をつづけている。絵が描けるのは佁之介だけだったので出かけるときはたいてい陳と二人連れで、ほぼ毎日歩いていた。

朝のうちに王邸を出て、陳に導かれるまま、あちこちを歩いた。四馬路の周辺でもないかぎり自分がどこにいるのか皆目見当もつかなかった。

「あの年寄りは楊《ヤン》といってこの辺りを仕切ってる頭目だよ」

陳が説明する。佁之介が楊の顔を見るのは三日目にして初めてだ。

これまでにもずいぶん人の顔を描いてきた。我ながらよく描けたと思うこともあったが、ちっとも似ていないのも多かった。陳と歩きまわり、指示されたところを写生してきた。三ヵ月の間に大小合わせて三百点近く描いているはずだが、仕上がるそばから名倉がどこかへ持ち去ってしまうので正確に何点描いたかはわからなかった。

画帖に写生して、日が暮れて王邸に戻ったあと、彩色をして仕上げた。別紙にきちんと引き写してから色をつけることもあったが、そういうときでも名倉は下絵と本画の両方を持っていった。佁之介の手元に残しておいて、万が一、何者かの手に渡るとまずいことになると名倉はいう。一行の意図が露見すれば、全員の命が危ないとまでいわれれば、差しださないわけにはいかない。

最初のうちは画帖はあくまで下絵と見なしていたが、慣れてくると画帖に手早く描いた下絵を手直しして色を入れ、仕上げてしまうことが多くなった。どこの、どのような建物を描いてきたのか、似顔の相手が誰なのか、佁之介に知らされることはなかった。名倉か陳が余白に文字を書きこんでいるのを見ると、少なくとも二人は何が描いてあるかわかっているようだった。

「珍しいな」

佁之介が亀裂に目を当てたままいう。

「何が」

陳が訊き返してきた。

「今まで何を写しているのか教えてもらったことはなかった」

「そうだっけ」

「訊いちゃいけないんだろ？」

「構わないよ。訊かれれば、教えてたさ。でも、おれ、喋る、あんた、気散る。いいことない。だから何もいわなかった」

「今日にかぎって、どうして？」

「明日には上海を出て行くからじゃないか……、ツァオ」

陳が低く罵る。どのような字を書くのか、どのような意味か、よくわからなかったが、あまりきれいな言葉ではないのは感じていた。

「どうした？」

陳も壁の亀裂に目をあて、怡之介と同じように通りの奥にある商家の店先を見ている。

「楊の向かいに座ってる太った男、杭州《こうしゅう》の港を仕切ってる頭目、呉《ウー》だ。楊が奥から出てきたのは呉が挨拶に来たからなんだ。だけどここは場所が悪かった。ようやく呉の顔を描いてもらえると思ったのに……」

そこまで陳がいいかけたとき、呉が左に顔を向けた。怡之介は目を凝らした。

「横顔なら描けそうだ」

「ああ」

さらに呉が太い胴をひねり、顔を左後ろに向ける。正面とはいわないが、顔の特徴はつかめそうだ。まぶたが腫れぼったく、鼻は低く、頰が盛りあがっているので、まるで顔の真ん中にめり込んでいるようだ。唇が分厚くて両頰が垂れさがっていた。

ふり返ったのはほんのわずかでしかなかったが、怡之介には充分だ。描きかけた楊の顔のわきに早速呉を描いていく。

のぞきこんだ陳が同じ言葉をくり返した。

「ニーツェンバン、ニーツェンバン」

声の調子からすれば嘆声のようだ。悪い気はしなかったが、楊も呉も特徴のある顔立ちなので似顔絵にするのは難しくない。躰つきもさっさと描いておく。

ふたたび壁の亀裂に目をあてた陳がひゅっと音を立てて息を嚥んだ。佁之介も目をあてる。

楊と呉の前に四、五人の男が立ち、そのうちの一人が佁之介たちが隠れている商家を指さしていた。その男がふり返る。顔を見て、愕然《がくぜん》とした。ここの主人なのだ。

「まずいのではないか」

佁之介は思わずつぶやいた。だが、陳が返事をしない。目をやるとすでにとなりにはおらず、屋根裏から二階に降りるハシゴに取りついていた。かっと頭に血が昇り、こめかみがふくらむのを感じたが、文句をつけている場合ではない。

画帖に目をやった。楊か呉の手下であれば、一目で誰を描いたかわかるだろうし、商家の屋根裏に潜んでのぞき見しながら描いていたとなれば、意図を推しはかるのも難しくない。周囲を見まわすと、積まれた石の隙間や穴はあったが、そこに押しこんで逃げだし、捕まったりすれば面倒なことになる。

迷ったのは一瞬でしかなかった。画帖を丸めて筒状にすると懐にねじこんだ。捕まって懐から画帖が見つかればよけいに言い逃れはできない。あとは運を天に任せて脱出を試みるしかない。

ハシゴに取りつき、とりあえず二階に降りた。一階、そして商家からの出口へつづく階段まで走って降りようとしたとき、商家のすぐ前でいくつもの足音が聞こえ、陳の悲鳴がつづいた。清国の言葉だったので意味はわからなかったが、助けてくれといっているに違いない。

階段の上まで戻り、周囲を見まわした。

奥に通路の入口があった。どこへつづいているのか見当もつかなかったが、ほかに逃げ道はなかった。佁之介は駆けだし、のぞきこんだ。二間ほど先に扉がある。駆け寄り、半ば体当たりをするように押しあけて飛びだした。

佁之介は宙に浮いていた。足の下には床も階段もない。

「あっ」

思わず声を漏らし、しまったと思ったときはもう遅い。頭から真っ逆さまに落ちたものの、下には藁の袋のようなものがうずたかく積みあげられていた。どれも空だ。二階で荷ほどきをしたあと、袋だけを戸口から落とすようにしてあったのかも知れない。

中はうす暗く様子はわからない。うまい具合に扉は閉まっていたので、とりあえず袋の間に潜りこみ、頭からも被った。幸運だったとしかいいようがない。あれほど鬱陶しいと思っていた頑丈な帽子が頭を守ってくれたのである。

さて、どうしたものかと思ったが、階上にはいくつもの足音が響いている。首を縮めてじっとしているよりほかにない。

お気楽な話だが、そのうち眠りこんだらしい。目を開けた佁之介はそろそろと袋の間から倉庫の様子をうかがった。

倉庫には太い梁《はり》が渡されており、何かが吊《つ》り下《さ》がっている。頭を出した佁之介は思わず見とれてしまった。どのような加減になっているかわからなかったが、どこからか斜めに射《さ》しこむ夕陽《ゆうひ》が梁からぶら下がっている物を照らしていた。

ずらりと並んでいたのは、巨大な魚だ。かつて図譜作成のため、魚を描いていた佁之介には鱒《ます》か鮭《さけ》らしいとわかった。

油光りした干物の肌が夕陽を浴び、てらてらと光っている。数十本はあっただろう。そのうち何本かは腹の辺りが切り取られている。切り口は夕陽の赤と相まってまるでたった今切り取られ、血に塗《まみ》れているようだった。

佁之介はおのが窮状も忘れ去り、ひたすら干物を凝視していた。


藁の袋にくるまり、ひたすら息を殺していたところを救われたときには、日がすっかり暮れていた。表から名倉の声が聞こえ、飛びだしていったのである。

あのときは生きた心地がしなかった——由一は思いかえす。

「何だよ、思い出し笑いなんて。気味が悪いやね」

岸田が怪訝《けげん》そうな顔をしてのぞきこんでいる。由一はちょこんと頭を下げた。

「あんたには本当に世話になったと思ってる。上海でのことは申し訳なかったね。せっかく宴の支度をしてくれていたというのに儂の方もいろいろ取り込み事があってね」

「今さら……」岸田が苦笑する。「昔々のお話じゃねえか」

そうだなと答えようとしたとき、障子の向こうから声をかけられた。

「ただいま戻りました」

息子源吉の声だ。寄り合いがあるということで送りだしてあった。由一にはたった一つ心配ごとがある。源吉の絵の腕前はそこそこなのだが、とにかく無類の酒好きで飲みだすと止まらない。正体をなくしてしまうことも再三だ。だが、今障子の向こうからかけてきた声は落ち着いている。酒は入っていないようだ。

「お帰り。岸田さんが来てるよ。例の美術会のお話だ。お前もご挨拶しなさい」

「はい」

障子がすっと開く。源吉は高橋家伝来の羽織袴を着けていた。襟元が乱れ、顔が赤い。まだ陽が高いうちから飲みだしたに違いない。

「ご無沙汰しております」

ろれつが怪しい。

縁側に正座したまま、両手をついて頭を下げる源吉の躰がほんのわずかながら揺れている。

第四話

絵師の真髄

河鍋暁翠『藤』
河鍋暁斎記念美術館蔵

1

「あれは上海で見たんだ」

「はあ？」

半紙の上で走らせていた筆を止め、高橋源吉はかたわらに横たわる父由一に目を向けた。掛け布団を顎まで引きあげ、その上に真っ白な長髯《ちょうぜん》が広がっている。すっかり痩せこけ、皮膚は薄くなって、まるでされこうべの白さが透けているようだ。

文机《ふづくえ》の右下には殴り書きした文字をびっしり連ねた半紙が重ねてあった。

何をしているのか、と源吉は思わざるを得なかった。

病床にあって、いつ空《むな》しくなるとも知れない父の言葉をひと言も聞き漏らすまいと耳をかたむけ、必死に綴《つづ》っていたのは昨夏のことだ。父の言葉を『履歴』にまとめ、刊行してから一年ほどが経《た》つ。今なおこうして筆を走らせているのは、惰性のようなものでしかなかった。

二年前、根岸金杉《かなすぎ》のこぢんまりとした一軒家に仮寓《かぐう》した頃から、かねてより思っていた胃病が悪化し、父は伏せっていることが多くなった。ところが、翌春、大きな出来事が起こる。

宮内省から内々に打診が来たのである。

父の絵を買い上げたいが、可能か——。

耳にした父の顔には見る見る生気が戻り、今にも起きあがりそうになって、源吉たち家族があわてて手を差し伸べたほどだ。病のせいですっかり痩せこけ、やつれ果てた父のどこにそれほどの力が残っていたのかと思うほど狂喜し、手足をばたつかせた。

その後の父は見違えた。宮内省お買い上げとなれば、歴史画だと即刻決断し、二つの画題を選んだ。

一つは太平記にある楠木正行《くすのきまさつら》の如意輪寺《にょいりんじ》の場、もう一つが内裏の財政職をつとめた京都の町衆が尾張《おわり》において織田信長《おだのぶなが》に上洛《じょうらく》を促すの図である。まずは水彩で二点の下絵を作り、その後、三月《みつき》ほどかけて油彩の完成形《タブロー》とし、夏の終わり頃には二点とも無事に宮内省へ納めた。

『履歴』を残せと命じられたのはその直後だ。おそらく死期を悟ったのだろう。絵を奉納したことで気が抜けてしまったのか、父はがっくりと弱ってしまった。『履歴』の執筆を急ぎに急いだのはそのためだ。

昨年、十一月、源吉自身が中心となって編集にあたり、ついに刊行にこぎつけた。そのうちの一冊を手にし、さらに弟子たちや支援者に配布されたことを知ると父は心から満足そうにうなずいたものの病状は悪化した。

しかし、履歴の出版から一年近くが経ち、すっかり弱ったとはいえ、父はまだ長らえていた。あれのおかげだろうと源吉は思っている。

今年六月、今度は政府賞勲局から銀杯が下賜された。しかも下賜の理由が去年奉納した二点の絵画に対する褒賞のみならず、本邦で知る者のほとんどなかった西洋画を普及させてきた永年の功労を讃えるとされていた。

父にしてみれば……、否、父のみならず家族や弟子たちにとっても、洋画家高橋由一の積年の尽力がようやくにして国の認めるところとなったという思いが強かった。

父は文久期に幕府の蕃書調所画学局に入局以来、西洋画の研究、普及につとめてきた。自ら絵筆を揮《ふる》ったばかりでなく、絵の具から筆、カンバスについて研究し、輸入を画策して、足らざるは自ら材料を研究して製造まで行い、ようやく輸入されるようになっても画材の数々があまりに高価であるため、弟子に製法を教えて国内生産させ、画学生でも入手しやすくなるようにと文字通り八面六臂《はちめんろっぴ》の奔走をくり広げてきた。

画法についても自ら画塾を主催し、弟子たちの指導にあたるだけでなく、発表の場を設けることで広く周知させる事業をくり広げてきた。こうして文久、元治、慶応、そして戊辰の戦いを経て明治へと、激動と変化の時代下にあっても父は西洋画普及一筋に打ちこみ、自他ともに第一人者と認められるに至ったのである。

画家としても明治五年には、当代随一の人気といわれた花魁《おいらん》をあるがままに描《か》いた『美人』、明治十年には『鮭《さけ》』を発表、まるで実物がそこに存在するような油彩画をもって世間の度肝を抜いてみせた。

だが、明治も十年代に入ると欧米列強に追いつき、追いこせとばかり文明開化、さらに富国強兵に熱狂してきた国民の間に反動が起こる。いわゆる国粋主義の台頭だ。

明治十五年、御雇《おやとい》外国人の一人で東京大学教授であったフェノロサが日本画こそ日本の国力を世界に示すという講演を行い、『美術真説』という書物となって世に出た。これが国粋主義運動と結びついて一気に西洋画排斥が広がり、自他共に認める第一人者であった父は矢面に立たされることになった。

もっとも日本画の中でも粋や風流を身上とするいわゆる文人画は、低俗であるとして排除された。背後には幕末から明治初期にかけて絵画、陶器、七宝、漆器がヨーロッパで売れたことに味をしめた商人たちがいた。右手で洋画を叩《たた》いて日本画偏重の風潮を作り、左手で文人画を貶《おとし》めることで安く仕入れるためにほかならなかった。

明治十年代後半から父は苦汁を嘗《な》めさせられつづけてきた。

しかし、めげることなく画塾で弟子たちを教導し、西洋画を認めてくれた山形県令に随行して依頼された油絵を描き、四国の金比羅社《こんぴらしゃ》に絵の購入を掛け合ってきた。金比羅社には絵は献納物とみなされ、わずかばかりの謝礼を受けとっただけで終わり、画塾の経営も立ちゆかなくなって閉鎖せざるを得なかった。それでも細々と画業をつづけてきたが、明治二十年代に入ってついに病に冒されたのだった。

余命幾ばくもないと諦めかけたとき、宮内省から申し入れがあったのだから生気を取りもどしたのも当然といえるだろう。

源吉は父に目を戻し、訊《き》きかえした。

「上海でございますか」

「そう」色の悪い舌先を唇の間からのぞかせ、ひと嘗めした父が言葉を継ぐ。「匪賊《ひぞく》……、あの頃はそう呼んでいたが、地回りのヤクザみたいな連中だ」

「父上が描かれた『塩鮭』の図の話を聞いていたのですが」

だが、父は源吉の問いかけに答えようとせず、ぼんやりとした目を天井に向けている。尺余も伸びた髭《ひげ》が掛け布団の上に広がっている。縮れ、ほつれた髭は真っ白で、顔にも血の気はなく髭と負けず劣らず白くなっていた。

「父上」

呼びかけたが、うつろな瞳は微動だにしない。口の周りを囲んでいる髭がかすかに震えていなければ、息をしていないのではないかと疑いたくなるほど静かだ。熱臭い父の息が充満した部屋の隅には火鉢があり、かけられた鉄瓶の口から淡い湯気が立ちのぼっては消えていた。

父が上海に渡ったのは慶応三年、もう二十六年も前のことになる。しかし鮭と題された油絵を父が描いたのは、その十年後の明治十年なのだ。

それとも上海のどこかで目にした新巻鮭がまぶたの裏に焼きつき、十年後に描いたというのだろうか……。

あり得ないわけではない。物心つく以前から父に絵の手ほどきを受けてきた源吉は何度も怒鳴られてきた。

『お前の目は節穴か。そんな風に見えておるか』

父はまず見よ、と教えた。それが絵師の真髄だ、と。

『形ではない、色ではない、影ではない。そのものを見よ。お前は形をなぞっているだけだ。色を写しているだけだ』

確かに父の絵にはそのものが在った。新巻鮭しかり、上がったばかりの鱈《たら》しかり、強い陽射《ひざ》しを受けた宮城県庁の白亜の門しかり……。父が描こうとしてきたのは、色でなく、形でなく、そのものの在りようだった。すべてうまくいったとは源吉も思っていない。弟子として、血を分けた息子として、ひいき目に見ても成功している作と、そうでもない作との間には大きな差があった。

しかし、一生のうちに一点あれば充分ではないかとも思う。生涯にたった一点だったたとしても、父のいう絵師の真髄が結晶した作品があれば……。

それにひきかえ自分はと思わざるを得ない。父のように、そのものが在る絵を描きたいと希求しながらかれこれ三十年もの間、絵筆を弄してきたというのにいまだ一つとして満足に描けていない。

もじゃもじゃの髭の中で父の口が動く。源吉は注視した。

「ひどく暑い日だった。悪党どもに追われて……、逃げこんだ先が物置で、そこで奈落に落ちた」

訳がわからない。奈落が舞台下の空間に設けられた役者をせり上げるための仕掛けであるくらい源吉も知っていたが、その前に物置に逃げこんだといわなかったか。物置に奈落があったとでもいうのか。

手元に目をやる。右端に明治丁丑《ひのとうし》、鮭と書きつけてある。文机の下には何の役にも立たない半紙が積み重なっており、いずれも源吉の手になる細かな字が記されている。

今朝はよほど体調がよかったのか父は機嫌よく喋《しゃべ》った。

つい先ほどまで父が率いてきた画塾天繪舎《てんかいしゃ》の思い出を聞き、書きつけていたのだ。そしていよいよ父の代表作ともいうべき鮭に話が及ぼうとしたとき、ふいに上海に話が飛び、源吉は面食らってしまった。

そのとき障子の向こうから女が声をかけてきた。

「旦那様、そろそろ」

女房だった。

「わかっている」

源吉はふたたび父に目をやった。いつの間にか目をつぶり、穏やかな寝息を立てている。

「それでは行ってきますよ」

宮内省の絵画買い上げ、履歴、銀杯下賜につづき、父が作りあげてきた本邦油彩画の世界を世間にお披露目する展覧会が開催されている。源吉は毎日会場に足を運んでいた。

文机の上をさっと片づけ、立ちあがった。

『何でもこのところは西洋の絵が流行《はや》っているそうじゃございませんか。油絵と申しますんですか。主人《たく》が何枚か所望しておるのでございますが、何しろ主人も私もまったくの素人でございましょう。まるで目が利きません。そこでここはお一つ暁翠先生のご慧《けい》眼《がん》をもって絵の良《よ》し悪《あ》しを見極めていただければと存じまして』

でっぷり太った四十がらみのご婦人がのたまい、案内状を押しつけてきた。

このようなとき、父ならどうしただろうと河鍋とよは思ったものだ。

婦人は絵を教えている生徒の一人だったが、絵そのものに興味があるわけではなく、有り体にいってしまえば箸にも棒にもかからないほど下手であった。絵も習い事の一つくらいにしか思っていない。亭主は海外と取り引きをしている大きな商店の番頭をしているという。一度の礼金が五円と破格ではあったが、筆より口を動かしている方がはるかに多く、黙ってろと何度怒鳴りつけようとしたか知れない。

霊巌島の酒問屋鹿嶋屋の清兵衛からの紹介でもなければ、いくら礼金を積まれたところで出稽古を引きうけることなどなかった。

父暁斎ならば、相手がよほど真摯で、なおかつ画才が認められないかぎり手ほどきなどしなかっただろうし、酒を所望して出されれば、遠慮なく飲んで定めた刻限になれば平気で辞してきただろう。しかし、とよはほとんど酒を口にすることはなく、自らの作品に向かっているときはもちろんのこと、出稽古で酒肴《しゅこう》が出てきても丁重に断っていた。

洋画は専門ではないので、私も素人でございますと固辞したが、婦人はまるで人の話を聞かず、ついに根負けして封筒を預かってきた。中に入っていた案内状には洋画沿革展覧会とあり、主催者、発起人の名前がずらずらと並んでいたが、そちらはざっと見ただけで、とりあえず会期と場所を確かめ、都合がついたこの日、弟子の暁月《きょうげつ》——綾部《あやべ》りうをともなって京橋区新富町《しんとみちょう》までやって来たのである。

展覧会の会場には大きな料亭があてられていたが、すでに廃業しているらしく料亭の名前のうしろに跡と付けくわえられていた。玄関を入り、式台のわきにあった机を前に座っていた男に婦人から押しつけられた封筒を差しだし、芳名帳にそれぞれ名前を書いた。

油絵と婦人はいっていたが、最初に展示されていたのは二枚の水彩画だ。仰々しい能書きが掲げられていたが、とよはちらりと見ただけで通りすぎようとした。りうがあわてた様子で追いつき、耳元でささやく。

「宮内省がお買い上げになった絵だそうですよ」

「どうしてお買い上げになった絵がここにあるのよ」

「展示されているのは下絵だそうで」

「それはありがたいことで」

素っ気なく答え、次の間をちらりと見て、さらにとなりに移ったとき、とよははっと息を嚥《の》んで足を止めた。白い顎髭を生やした、眼光の鋭い老人が立っていたからだ。その目はやや右に向けられ、とよをまっすぐには見ていなかった。そもそも見ているはずがない。部屋の奥にたった一枚だけ掛けられた絵だったのである。

引きずられるように部屋に入り、絵の前に立つ。間近で見ているというのに最初の一瞥《べつ》と変わらずそこに一人の老人がいるようにしか見えなかった。

「何だか恐ろしい」

りうが圧《お》し殺《ころ》した声でいう。とよはうなずきながらも何もいわず凝視をつづけた。

縦長の絵で縦は二尺ほど、横は一尺二、三寸あった。顔がとよの目より少し高い位置に来るように掛けられているため、まるでそこに立っているように見えたのだ。りうが恐ろしいといったのも無理はない。ひたいの皺《しわ》、両端の跳ねあがった眉、強い光をたたえた双眼、大きく立派な鼻、真一文字に結ばれた唇とどこを見ても老人の威厳が枯れた体臭とともにむんと押しよせてくる心地がしたからだ。

何より感心させられたのは髭だ。密集した生え際から胸元で跳ねているところまで一本一本が細密に描かれている。

知らず知らずのうちにとよは奥歯を食いしばっていた。これまでにも西洋画は何枚も見てきたし、人の面貌をあるがままに写し取れる画法があることも知っていた。そして今目の当たりにしている一作がぬきんでて優れているのも素直に認めた。

同じ絵師ではあったが、画法がまるで違うだけに嫉妬はなかった。もし、とよも西洋画を生業としていたなら妬《ねた》んだかも知れない。

それでも胸の奥底から湧きあがってきた感情は悔しさにほかならない。

父の面差しをこうして残しておきたかった……。

無類の写真嫌いだったせいで点数は少なかったが、それでも何枚かは撮っている。真正面からとらえているのは、達磨《だるま》の掛け軸を背負い、端座した父の姿を正面から撮影したものだが、すでに胃病が重篤となり、まるで死相が浮かんでいるようで、とよはどうしても好きになれなかった。その上写真は時が経つほどに白が濁り、黒は薄く赤茶色になって、細部がぼやけていった。

今、目の前にある油彩画からは、呼吸や体温まで感じられる。

「これ」りうが絵の左下に書かれた字を指さす。「何先生と書いてあるんでしょう」

とよは目をやった。明るい朱で入れられた文字で、確かに先生と読めるが、肝心要のその上の名前が判読できなかった。字がいびつになっていて二文字なのか三文字なのかすらはっきりしなかった。次の行は読める。

癸巳《みずのとみ》十月　原田直次郎《はらだなおじろう》

またしてもとよは首をかしげた。今年、明治二十六年の干支は癸巳だが、今がまさに十月なのだ。展覧される日を記したということなのか。

「それが高橋由一先生ですよ」

背後から声をかけられ、とよとりうは振り向いた。鼻の下に髭をたくわえ、癖の強い毛を撫《な》でつけた洋装の男が立っていた。

「あら」

思わず声が漏れた。

「お久しぶりでございます」男――五姓田義松が一礼した。「その節は失礼いたしました」

「いえ、こちらこそすっかりご無沙汰して失礼しております。あのときはご丁寧にお参りいただき、ありがとうございます」

五姓田が河鍋家にやって来たのは四年前、父が死んだ日のことだ。しかも五姓田はそこが暁斎邸と気づかずに訪れた。だからその日の朝、主が息を引き取ったことなど知りようもなかったのである。

五姓田はかつて工部大学校の付属美術学校で学んでいたことがあり、工部大学校で造家学の教鞭《きょうべん》を執っていたジョサイヤ・コンデルと面識があった。コンデルは父の弟子であり、亡くなる数日前から枕頭《ちんとう》に控えていた。五姓田はコンデルを訪ねてきたのだが、とよは詳しい事情を聞いていない。

五姓田が絵の前に来る。

「高橋先生はかれこれ三十年余にわたってわが国の洋画普及に尽力されてこられました」

「三十年余といわれますと御一新前からでございますか」

とよの問いに五姓田がうなずき、肖像に目を向けたままつづけた。

「文久年間ですよ。蕃書調所の画学局に入られましてね。蘭書をもとに画法の解明をなされました。ご自身も素晴らしい油彩画を描かれましたが……」

五姓田がとよに目を向ける。

「最初の間にあった絵をご覧になったでしょう？　如意輪堂の小楠公《しょうなんこう》図と内勅を授かる信長公図の二点」

「ええ」

とよは目を伏せ、さっとうなずいた。

「あれが宮内省お買い上げとなって、タブローをお納めしたあと、銀杯が下賜されたんです。でも、銀杯はあの絵に対してというより先生の長年のご尽力が評価されたものといえるでしょう」

「先生は……」

訊きかけたとよをさえぎるように五姓田が少々あわてて答える。

「二年くらい前から体調を崩されましてね。今は伏せっておられるそうですが、あの二点だけは鬼神のごとく仕上げられたと聞いております」

「そうでございましたか」

とよはふたたび肖像に目を向けた。

「この絵は原田畢生《ひっせい》の一作でしょう。とても数日で描きあげたとは思えません」

ぎょっとしたとよは五姓田に目を向けた。五姓田は絵を見ていた。

「あるんですよね。絵描きにはそんなことが、一生のうちに一度あるか……」

ふっと息を吐いてささやくように付けくわえる。

「ないことの方が多いか」

2

高橋由一の肖像画を正面から見つめ、五姓田義松は胸の内でつぶやいた。

写真を元にしてるな……。

描かれた顔貌は細密を極めているものの表情が生硬に過ぎる。五姓田工房の屋台骨を支えるのが写真から油彩の肖像とする仕事で、子供の頃から従事してきた義松にはひと目で察せられた。

絵の左下に記された制作日からすれば、展覧会に搬入されたとき、絵の具は生乾きだったかも知れない。由一が病床にあり、病が重いことは義松も承知していたし、原田も足繁《あししげ》く見舞っているに違いない。肖像にあるように血色がよかったのは、二年か、三年前になる。

それでもよく描けていることだけは間違いない。

初めて由一と会ったのは、横浜にあったワーグマンのアトリエだ。もう二十七年も前になる。義松は十一歳、由一は四十くらいだった。

明治十年、第一回内国勧業博覧会の西洋画部門で義松は最高賞を受賞した。由一も出品していたことを知ったのは受賞後だ。同じワーグマン門下ではあったが、名前をうっすら憶《おぼ》えている程度でとくに感慨は湧かなかった。

留学を終えて帰国した後、山本芳翠に誘われ、明治美術会が主催する展覧会に数回出品しただけで、あとは遠ざかってしまった。芸術の方向性が違うといった問題ではなく、単に家族を養うため、数多くの肖像画を手がけなくてはならなかったからだ。

明治美術会には由一、源吉父子がそろって名を連ねていたが、初回の展覧会準備中に息子とは何度か顔を合わせ、言葉も交わしたが、由一には会っていない。

それがつい二年ほど前、義松は根岸金杉町にある高橋邸を訪れ、直接会って話をしている。芳翠を通じて贈られた『履歴』と題された書物の礼をいうためだが、あくまでも表向きの理由に過ぎない。礼だけならハガキ一枚で済む。会いたくなったから訪ねたのだ。

『履歴』には、由一がある戦争の一場面を描いた石版画の写実表現に感嘆し、西洋画を目指したことから始まり、幕府の蕃書調所画学局で研究を重ね、ワーグマンに入門、研《けん》鑽《さん》を積んできた日々や、そのときどきの心情、絵画への考察が書き連ねられていた。

洋画の技巧である陰影法や遠近法を極めることで真実を写す絵が描けるという辺りま

ではよかったが、そのあとがいけない。

絵事ハ精神ノ為《な》ス業ナリ――。

精神論かよと強い反感を抱きながら、なぜか我が身の深奥を抉《えぐ》られるような思いがしたのである。パリ留学を終えて以来、まとわりついて離れない閉塞感――有り体にいってしまえば、絵が売れなくなったこと――を打ち破る何かがありそうな気がした。

義松は目の前の肖像をじっと見つめた。由一の声が耳の底に蘇《よみがえ》る。

『感じたままを描くことだ』

見たままではなく、感じたままと由一はいった。人物であれ、静物や風景であれ、目にすれば、見た者の心は動く。その心の動きをこそ描くべきだといった。

『それを見るのではない。それは目の前に在る』

何かが理解できたような気がしたが、いざ筆を手にすると途方に暮れてしまった。何をするかはわかっていても、どうすればいいかがわからなかった。

諦めず、たゆまず精進するしかないよ、と目の前の由一にいわれたような気がして、ふっと息を吐いた義松はとなりに立つ河鍋暁翠に目を向けた。

「そういえば、行きましたよ。伝馬町の祖師堂。狩野派の龍図を拝見したいと申し上げたら兄上と相談されて、それなら伝馬町がいいだろうと教えてもらいましたよね」

「いかがでございました？」

はっとするほど真剣な眼差《まなざ》しに希松はひるみそうになりながら何とか答えを圧しだす。

「感激しました」

情けないほどに幼稚な感想だが、同時に心底の吐露でもあった。そのおかげであのとき目にした龍が脳裏にありありと蘇ってきたのである。

龍は本尊の真上で首をもたげ、顔をやや傾け、中央に描かれた右目で八方くまなく睨《にら》みすえていた。天井を越えて広がる雲から突きだされた顔の、天地に向かって伸びた髭や鋭いかぎ爪が目に浮かぶ。

「子供じみた物言いでお恥ずかしいのですが、恥の上塗り覚悟で申せば、帰宅してからも暁斎先生の龍が頭から離れず、あまりに苦しかったもので思わず描いてしまったほどです。しかしながら自分で描いてみて、ますます先生の凄《すご》みに感じ入った次第でした」

「ありがとうございます」

まるで飾り気のない真情のこもった礼に面食らうほどだったが、それだけ父、そして絵師としての暁斎を尊敬してやまない思いが伝わってくる。

「五姓田先生の方は今も浅草で……」

暁翠がそこまでいいかけたとき、戸口に背広姿の男が姿を見せた。丸顔に丸いメガネをかけ、真ん中から分けた髪を油でぺったり撫でつけている。記憶にあるより顔に肉がついており、鼻の下には立派な髭すらたくわえていた。

「猿田彦」

義松は唸《うな》るようにいった。

「おかしなところで切らないでください。猿田ですよ」

「どうしてお前がここに？」

「私の会社は画材の輸入もしておりまして、高橋先生にもご贔屓《ひいき》にしていただいております。その関係で今回の展覧会を催すにあたりましてわが社もお手伝いをさせていただいているんです。受付で暁翠先生のお名前を見まして、ご挨拶に参った次第で」

自分の名前が出たのに驚き、暁翠がふり返る。だが、ぽかんとしていた。猿田がにっこり頬笑んで一礼した。

「家内がいつもお世話になっております」

「猿田様……、ああ」暁翠が何かを思いだしたように声を出した。「お初にお目にかかります。いつも奥様にはお世話になっておりまして」

「いえいえ」猿田が笑みを浮かべたまま顔の前で手を振った。「先生とは、四年前にお会いしてますよ。暁斎先生が亡くなられた、あの日。岡倉先生、フェノロサ先生といっしょにお悔やみを申しあげに参りました」

「さようでございましたか。まったく気がつかず失礼申しあげました」

「いえいえ、家内には先生にわざわざ申しあげるまでもないといいつけておりました。

暁斎先生のご葬儀がきっかけで鹿嶋屋さんとも懇意にさせていただくようになりまして。それで家内が絵を習いたいといいだしたことを相談しましたら暁翠先生が出稽古をなさっていると教えてくださいまして」

回りくどいことをしやがると義松は肚《はら》の底で毒づいていた。鹿嶋屋というのが何者か知らないが、暁翠に接近するのにずいぶんな搦《から》め手を使っているような気がした。

ひょっとして暁斎師の絵を狙ってるんじゃないか……。

脳裏を疑惑が過《よぎ》る。

猿田が龍池会という団体に出入りしているのは知っていた。美術親交団体という触れ込みだが、会頭、副会頭ともに文部省ではなく、農商務省の出身者がつとめ、輸出品としての工芸品製造を促進させようとしているのは明らかだった。明治維新前後には、ヨーロッパで日本の絵画や漆器、金工品が人気を呼び、オーストリアやフランスで開催された万国博覧会への出品を促進する働きをする一方、日本画の名品を高値で売りさばいたといわれている。

たった今、猿田は自分の勤め先が画材の輸入をしていると口にした。扱っているのは画材だけでなく絵画そのものも含まれるかも知れないし、龍池会に関わっているとすれば輸出も手がけているのは間違いない。フランスにいた頃も河鍋暁斎の名はあちこちで聞いた。

何をたくらんでいるのか——義松は顎に手をあて、談笑する猿田と暁翠、暁月に目を向けていた。

洋画沿革展覧会場として使っている元料亭の前で俥《くるま》を降りた源吉は玄関に入った。式台に置いた机を前にして小倉《こくら》絣《かすり》に紺《こん》袴《ばかま》を着けた二人の書生が並んでいて、源吉の顔を見るなりそろって頭を下げた。

「ご苦労さまでございます」

「ご苦労さん」

答えて机に近づくと書生の一人が芳名帳をひっくり返して押しだしてよこした。ざっと見ていき、最後に河鍋とよ、綾部りうとあるのに目を留めた。

「この河鍋さんというのは暁斎先生に関係のある方かい?」

だが、二人とも答えない。目を上げると二人は顔を見合わせていた。

「どうした?」

芳名帳を押しだしてきた方が訊き返す。

「キョウサイ先生とは、どなたでございますか」

河鍋暁斎が亡くなってから四年が経っていた。絵師といえば暁斎と、江戸市中で知らぬ者なしといわれたが、それも今は昔となってしまったのかも知れない。それとも二人の書生は東京大学法科に通っているというくらいだから勉強が忙しすぎて市井の絵師など気にする暇はないのかも知れない。いずれ偉い役人になるのだろうが、暁斎すら知らないまま出世していくのだと思うと背中が薄ら寒くもなる。

「有名な絵師だよ。もう亡くなったがね」草履を脱ぎ、式台に上がりながら訊く。「猿田さんは詰め所かい？」

式台を上がって右に行けば、料亭時代の帳場、水屋、その奥にかつての主人が店にいる間居間として使っていた一室がある。展覧会の間、居間を運営に携わる者たちの詰め所、休憩所、気のおけない客の応接に使っていた。

「先ほどこちらに来て、芳名帳を見たあと、展示室の方へ行かれました」

左につづく廊下の先の大小の間が展示室となっていた。

「とりあえず猿田さんに声をかけておくか」

左に行きかけた源吉にあわてて声をかけた。

「それから五姓田さんもいらっしゃってます」

「そうか。ありがとう」

源吉は廊下を歩きだした。五姓田義松は洋画家で、この二年ほど父は五姓田の求めに応じて彼が主催する展覧会に絵を出していた。昨年亡くなった彼の父親、一世芳柳が名の通った絵師で、御一新以前から西洋風の絵を描いていた。絵師であると同時に興行師の一面を持ち、浅草などで絵画会を開いていた。亡くなる前に女婿《むすめむこ》に芳柳の名を譲っている。

義松は一世芳柳の息子で神童といわれた。慶応年間に横浜で西洋人の画家について修行し、フランスに留学した本格派だ。源吉は何度も義松の絵を見ている。あまりのうまさに打ちのめされたものだ。父も義松の技量は認めながら、一度だけいったことがある。

『うまいはうまいが、軽い』

父はさらにつづけた。

『軽いが悪く、重いが良いということではない。絵に良し悪しなどない。強いていうなら好き嫌いがあるだけだ。義松には義松の、儂《わし》には儂の、描きたい絵がある。見たい絵がある。それだけのことだ』

最初の間に水彩画が二点掛かっている。宮内省お買い上げになった小楠公と信長の図だ。いずれも水彩で宮内省に納めた油絵の習作ではあったが、習作とはいっても銀杯を賜るきっかけとなった二作につらなる絵であり、わが国における油絵を幕府蕃書調所時代から牽引《けんいん》してきた父の画業の集大成でもあるため、最初に展示していた。

そっと目礼して奥に向かう。

展覧会の名称を油絵ではなく、洋画としたのは源吉だった。なるほど父が尽力してきたのは油絵を広めることであったが、最初に水彩画を持って来たかったので、あえて洋画とした。父の盟友、岸田吟香の勧めもあったし、主だった弟子たちも賛成してくれ、父も異存はないといってくれていた。

絵は命を削る。宮内省からの申し入れにほぼ寝たきりだった父が手足をばたつかせて喜び、その日のうちから制作に取りかかった。構想をまとめ、下絵から本画へ進む間、筆を揮う父にはまさに鬼気迫るものがあった。そして二点を描きあげ、宮内省が無事収めた刹那、ぐったりしてしまい、数日は口を開くこともできなかった……。

最初の間に人影はない。廊下を進むと先の部屋から声が聞こえてきた。ややきつい調子に足が止まる。

「なあ、猿田彦さんよ、何たくらんでるんだい？」

声の主は五姓田義松だが、源吉は思わず吹きだしてしまった。

五姓田とは歳《とし》が近く——義松の方が三つ上——、互いに絵師の息子であるという共通点もある。だが、技量とフランスで修行したという点で源吉は大いに引け目を感じていた。

「たくらむなんて人聞きが悪い。私は高橋先生の偉業を讃える本会の主旨に大いに賛同するところがあってお手伝いを申し出たまでです」

「何が大いに賛同か。あんた……」

源吉は口角をぐいと持ちあげるなり部屋に入り、声を張った。

「ようこそお出《い》でくださいました」

誰もがぎょっとしたように源吉に目を向ける。五姓田などは口を開いたままだった。中央に父の肖像が掲げられ、絵を挟んで左に猿田、右に五姓田、五姓田の後ろに二人の女性が立っていた。

父の肖像は、これも源吉の発案で父と同じ身長になるように掛けてあったので、まるで部屋には五人の男女が立っているように見えた。原田が描いた父は右に目を向け、まるで猿田を睨みつけているようだ。

源吉は五姓田、猿田に会釈をしたあと、二人の女性に目を向けた。

「初めまして。本日はわざわざお越しいただきましてありがとうございます。私、高橋由一の倅《せがれ》で源吉と申します」

「河鍋とよと申します」

ぽっちゃりした方の女がいい、小柄な女がつづけて頭を下げる。

「綾部りうにございます」

それぞれに会釈を返したあと、源吉は河鍋と名乗った女に顔を向けた。

「不躾《ぶしつけ》ですが、ひょっとして暁斎先生の？」

「はい。娘でございます」

「それでは内国博で褒状を受けられた暁翠先生ですか」

「先生なんて……、ったないばかりでお恥ずかしいかぎりでございます」

大柄な躰《からだ》を小さくしてもじもじし、顔が見る見るうちに赤くなった。

「暁翠先生にお越しいただけるのは光栄の至りですよ」

源吉が重ねていうと暁翠はますます顔をうつむかせてしまった。猿田が半歩近づいてくる。

「実は河鍋先生には私の方からお誘いを申しあげまして」

「猿田さんから？　以前から先生をご存じなのですか」

「ご存じも何も愚妻が絵を習いたいなんぞと申すもので、知り合いに相談したところ河鍋先生をご紹介いただいたような次第で」

そっぽを向いた五姓田が鼻を鳴らし、猿田がきっと目を向けた。父の肖像は相変わらず猿田を睨んでいる。

「今日は五姓田さんにもご足労いただいて恐れ入ります。ほどなく芳翠さんがいらっしゃると思います」

五姓田が源吉に顔を向けた。

「源吉君は猿田彦が何をしてきたかご存じか」

「まあまあ」源吉は五姓田をなだめるように両手を胸の前に上げた。「まずお名前ですが、猿田さんですよ。ええ、知ってますとも。天繪舎で使う絵の具や画材を調達していただいております。それにこの会場の持ち主とも以前から顔見知りだそうで、この展覧会を催すにあたっていろいろ便宜を図ってくださったんです」

「この男は龍池会にいた」

「存じてます」

「それならおれが腹を立てるわけもわかるだろう。由一先生だって長年割を食わされて来られたんだから」

父上、そんな目で猿田氏を見ないでくださいよ——源吉は胸の内で肖像に向かっていいながら胸の前に出した手を小さく振った。

「この国が大きく変わった時期でしたからね。そりゃいろんなことがありましたよ」

五姓田が腕組みし、鼻の穴をふくらませた。

「何が日本の伝統を欧米列強に知らしめ、わが邦の価値を高らかにせん、だ。こやつらは日本画だ、漆だ、七宝だ、茶碗《ちゃわん》だ、これこそ伝統美だといいつつ国の宝ともいうべき品々を欧米に持っていっては売りさばいてきた。おそらく暁翠先生にすり寄っているのだってお手元にある暁斎師の絵を安く買いたたいてイギリスかアメリカで高く売ろうって魂胆なんだろう」

「黙って聞いておれば……」猿田が血相を変え、五姓田に食ってかかる。「そもそもは教育のためだ。民の情操を豊かにせんと、絵にかぎらずわが国に古来よりある美しいものの数々を紹介し、絵の一つも手ずから描けるようにしようというのだ」

「へん」五姓田が傲然と顎を上げる。「お前の女房にしたところで筆の穂先もケツもわかりゃしないだろうが」

「何を……」

踏みだそうとした猿田の前に源吉は躰をねじこんだ。

「五姓田さんもおよしなさい」

止めに入りながらも源吉は、猿田なら金の匂いがすれば、どんな世界にでもずかずか上がり込むくらいやりかねないと思っていた。龍池会は国粋主義の勢いに乗り、洋画排斥の急先鋒《きゅうせんぽう》となったが、解散したとたん、猿田は父由一にすり寄ってきている。いや、龍池会にいて日本画を持ちあげていた頃から洋画材の輸入にも手を出していたのだ。

憤然とした五姓田がまっすぐに源吉を見つめて言葉を継いだ。

「だいたいおれは政府が絵を選んで金を出したり、輸出品になるからと手助けしたりすることが気に入らない。そんなものは芸術の自殺だ。いくら国内で助勢してもらったところで、出来上がった絵や器が海外で売れるとはかぎらんだろう。それを日本画はよくて洋画は駄目といったい誰が決めたんだ？　そもそも役人風情に絵を見る目などあるわけがないだろう」

源吉の脳裏を受付にいた二人の東大生が過っていく。河鍋暁斎の名前を出してもぴんと来ていなかった。おそらく受付に座っているのも猿田から割のいい給金を提示されたからに違いない。

たしかに五姓田がいう通り、暁斎師の名も知らない役人が工芸品の振興をはかるなら絵としての価値などに関わりなく、売れるもの、人気の出るものを選ぶようになるだろう。

「だいたい絵なんぞわかりもしない役所のイモどもに選ばれて……」まくしたてていた五姓田がはっとした表情になった。「失敬した」

洋画沿革展覧会は父の絵が宮内省に買い上げられ、銀杯を賜ったことを記念して開催された。天皇はじめ、華族のおそばで数々の芸術品を見てきたからといって宮内省の役人すべてが目利きであるはずもない。

源吉はぐるりと見まわしていった。

「とりあえずお茶でもいかがですか。控え室に用意させますので。一呼吸入れましょう」

五姓田はしぶしぶといった顔つきでうなずいたが、女性二人はまだ絵を見ていないので拝見していくと答えた。

「ごゆるりとご覧になってください」

源吉は二人の女性にいい、五姓田、猿田とともに控え室に向かった。今日、五姓田を呼んだのには理由があった。あらかじめ話はしてあるので五姓田もわかってはいるはずだ。

間もなく山本芳翠がやって来る。

話はそれからだと源吉は思った。

3

谷中瑞輪寺──。

墓前で手を合わせ、目を閉じたとよはまぶたの内に広がる無限の闇に父の姿を探していた。だが、どこにもその姿はなく、闇が広がっている。

代わりに五姓田が浮かんでくる。

『おそらく暁翠先生にすり寄っているのだって、お手元にある暁斎師の絵を安く買いたたいてイギリスかアメリカで高く売ろうって魂胆なんだろう』

父の絵はとよの手元にはない。兄周三郎の手元にもなかった。父が亡くなったとき、残されていた絵の大半は鹿島清兵衛が引き取ってくれた。預かってさえくれるなら無償で構わないととよも兄もいったが、清兵衛は千五百円もの大金を二人に渡した。

完成した絵とは別にとよは父の下絵、習作を行李《こうり》に収め、保管してある。一つには仕事を引き継がなくてはならなかったからだ。生前父が注文を受け、下絵まで描きながら完成させられなかった幾作かをとよが描きあげ、依頼主に引き渡している。受けた注文の件数だけなら三百は超えていた。

清兵衛にはもともと道楽好きの面はあった。とくに写真術と芸者遊びには大金を注《つ》ぎこんでいるという噂《うわさ》を聞いていた。写真術にのめり込んだのは、御一新で酒を売る商売の先行きに不安を感じ、気散じのためという。父に入門したのもその一つだという。しかし、御一新後だろうと酒飲みたちの本性に変わりはなかったようで商売そのものは今も安泰のようだった。

猿田が清兵衛に近づいたのは、五姓田がいうように父の絵を手に入れようとしたためかも知れない。酒を商っている以上、猿田がその気になれば接近する糸口はいくらでも見つかるだろう。一方、清兵衛と、とよや兄との関係も切れていない。それでも猿田は清兵衛が父の絵を数多く持っていることまでは知らないようだ。

父が亡くなった日、猿田はフェノロサ、岡倉覚三とともに悔やみにやって来た。そのとき龍池会の名を出していたが、それきり忘れてしまっていた。我ながら間の抜けた話だが、夫人が絵を習いたいといってきたときにも猿田という姓を聞きながら龍池会の、あの猿田とは結びつけて考えてはいなかった。

『日本画だ、漆だ、七宝だ、茶碗だ、これこそ伝統美だといいつつ国の宝ともいうべき品々を欧米に持っていっては売りさばいてきた』

龍池会がそうした商売をしていることも知らなかった。

『お前の女房にしたところで筆の穂先もケツもわかりゃしないだろうが』

そういわれたときには危うく吹きだしそうになり、あわてて顔を伏せ、何とかこらえた。気づいたのはりうだけでしかない。

猿田の女房に本気で絵を学ぶつもりがあるのかはなはだ怪しかった。筆を執るよりお喋りをしている方がはるかに多く、ときにはとよがいる間、線の二、三本を描いただけで、あとは知り合いの女たち——たいていは猿田の同僚の女房らしかった——の噂話をしている。それも単なる噂ではなく、最後は必ず悪口になる。嫁姑《よめしゅうとめ》の間柄に関する話題が多かったが、独身のとよには理解できなかったし、そもそも興味がなかった。

十年ほど前から洋画を排斥する機運が起こっていることはとよも知ってはいた。フェノロサと弟子の岡倉が日本画こそ本邦の価値を知らしめるものと主張していた。洋画沿革展覧会を主催した高橋由一のみならず、洋画を生業とする絵師たちは苦労してきただろう。

とよの脳裏には五姓田が着ていた洋服の袖口が浮かんでいた。黒っぽい糸が擦り切れ、白い芯が露《あら》わになっていたのだ。

政府が日本画だ漆器だと品目を選んで助成金を出すことが気に入らないと五姓田はい

っていた。

『そんなものは芸術の自殺だ』

芸術という言葉がとよの耳には新鮮に響き、自殺という言葉は衝撃的だった。確かに五姓田がいう通りいくら国が輸出に力を入れたとして、売れるか否かは絵自体の魅力にかかっている。

またしても五姓田が振りまわしていた腕の袖口がまぶたの裏にちらつく。

ねえ、父、芸術ってのは何?

自分で首くくったりするもんかい?

強く念じてみたものの広がる闇に変わりはなく、父が答えてくれることもなかった。

ふっと息を吐き、目を開いた。

墓石は自然石である。後肢をたたみ、地面に尻を着けて前肢を伸ばしている蝦蟇《がま》の姿に似ていると父が自ら選んだものだ。蝦蟇は左の脇腹をこちらに見せていた。

蝦蟇なら跳んでみろ――とよは胸の内で語りかけた――跳んで、父のところへ行って訊いてみておくれ。

石の動くはずはない。とよは溜《た》めていた息を吐いて立ちあがった。となりでしゃがみ込んでいたりうも立つ。新富町の元料亭を出たあと、俥を二台拾い、まっすぐ谷中瑞輪寺に来た。りうには行き先を告げただけだ。

「さてと……」

とよが何気なくいうと、りうがすかさず口を出した。

「周三郎様のところでございますね」

とよはりうに目を向けた。せっかくここまで来たんだし、大根畑にでも行ってみようかというつもりではいた。瑞輪寺から根岸の住まいまで帰るのと、湯島大根畑にある旧宅――今は兄周三郎が住んでいる――まで行くのと方向はまったく逆だが、距離は変わらない。谷中の寺町では、そうそう都合良く俥が見つかるとも思えず、どちらに行くにしても歩かなくてはならなかった。もっとも歩くといっても一里はない。

「怖い子だねぇ」

りうが暁斎邸に来たのは五歳のときだ。とよの四歳下で、以来ずっといっしょに暮らしている。絵筆を持たせるなら五歳のうちに、というのが父の考えであり、とよも同じ歳のとき、柿に鳩《はと》の手本を描いてもらい、修行を始めていた。

決まって父は付けくわえたものだ。

『おれは三つの時には蛙《かえる》を描いたがね』

父の蛙好き、蝦蟇好きは筋金入りといっていい。

瑞輪寺の山門を出て、ずらりと寺が並んだ通りを過ぎ、不忍池に向かって急坂を降りていく。池之端《いけのはた》を抜けて湯島に入り、坂を上った先が大根畑になる。

歩きだしてほどなくりうがいった。

「五姓田先生は四年前と同じ服を着てらっしゃいましたね」

「へえ、そうだったかね」とよはとぼけた。「四年前って、父が亡くなったときだろ。お前が見たのはあのとき一度きりじゃないか」

「二度でございますよ。最初はコンデルさんを訪ねていらっしゃって、翌朝、大師匠を描いた絵を持ってこられました」

「あのときの服とは限らないだろ」

「そうでございますね。でも、かなり傷んでおりましたから。袖口なんかもほころびて……」

「気がついてたのかい」

「見るように仕込まれてきましたから。見たものの子細を覚えて、忘れるなと」

りうの暁月という画号は伊達《だて》ではない。五歳のときから絵筆を握り、とよとともに修行に励んできた。父の教えは厳しかったが、ついぞ弱音を吐いたことがない。技量《うで》もたしかで、十二、三歳の頃からとよといっしょに父の手伝いをしてきた。

「怖い子だねぇ」

とよは同じ言葉をくり返し、笑った。

池之端を過ぎ、湯島にかかる急坂を上りきって大根畑の家の門前まで来たとき、俥が止まっているのに気がついた。梶棒《かじぼう》に腰を下ろしていた初老の男が立ちあがる。

「はろうでござんす」

「おや、洒落《しゃれ》てるじゃありませんか」

初老の男はコンデル御雇の俥夫で佐吉《さきち》といった。英語の勉強をしているが、コンデルの日本語の方がはるかにうまい。

「コンデルさんがおいでで？　何かあったのかしら」

「いえいえ。池之端の岩崎《いわさき》様のお屋敷に参ったんですが、思いのほか早く用が済んだので久しぶりに暁雲さんの顔を見ていこうといわれまして」

「そうだったの」

とよとりうは連れだって、懐かしき大根畑の旧宅に入っていった。二人とも根岸に移る前はこの家で暮らしていたのだ。


何とも気詰まりな――源吉は苦々しく胸の内につぶやいた。

元々は料亭の主が居間として使っていたという一室は六畳ほどの広さがあった。料亭として営業を終えたあと、調度類は運びだされていたが、そこに洋風の敷物を敷きつめ、テーブルを置き、周りに布張りの椅子を六脚並べてあった。

五姓田と猿田はテーブルの対角線上に座り、互いにそっぽを向いている。それぞれの前には皿に載せたティーカップが出されていた。ティーカップの中味は紅茶だ。敷物、テーブル、椅子、茶器はいずれもフランスやイタリアのもので、紅茶までふくめて猿田が用意した。

『西洋人の客があるかも知れません。何しろ本邦における洋画の歴史を一堂に展覧するわけですから』

そういったのは猿田だ。

五姓田は足を組み、肘かけにのせた右手で顎を支えている。毒でも入っているといわんばかりにティーカップには手を出さない。左膝を左手の指先で小刻みに叩いている。むっつり黙りこみ、眉間に皺を刻んでいた。

猿田は何度もチョッキのポケットから懐中時計を取りだし、ちらりと見ては音を立てて蓋を閉じた。パチンと蓋が鳴るたび、五姓田の眉間の皺が深くなるような気がする。あまりの息苦しさに受付を見てこようかと源吉は肘かけに両手をのせ、尻を浮かしかけた。

戸口に大柄な肥満漢が現れたのは、そのときだった。源吉はやれやれと立ちあがり、猿田はいち早く立っていた。

肥満漢――山本芳翠が大声でいう。

「いやぁ、申し訳ない。何や知らんが、出がけにばたばた人が来よりまして。皆さんをお待たせすることになってしもうて」
　ゆっくりと立ちあがった五姓田に目をやった山本が破顔する。
「久しぶりやな。少しお疲れのように見えるが」
「平気だ。それよりいつぞやはありがとう」
「何、ほんの気持ちばかりや。やはり子の誕生はめでたい。去年、先生がご逝去された
ばかりやからまさに生まれ変わりやろ」
　一世五姓田芳柳が亡くなったのは去年二月のことだ。そのあと五姓田義松は結婚し、
最近子供が生まれたに違いない。
　猿田がちらちらと源吉を見る。山本に会うのは今日が初めてなのだ。紹介しろという
ことだろう。
「あの……」
　山本に声をかけようとしたとき、戸口にもう一人小太りの男が現れた。鼻の下にきち
んと調えた髭をたくわえているが、顔はつやつやとしている。まだ若そうだ。シャツの
ボタンをきちんと留め、ネクタイで首を締めあげている。太鼓腹のせいで上着の前がは
ち切れそうになっていた。
　山本が小太りの男の肩に手を置き、源吉に告げた。
「ご紹介しますわ、黒田清輝《せいき》君です」

黒田が礼儀正しく源吉に一礼したあと、肩に置かれた山本の手をつまんで避けた。

「セイキではなく、キヨテルです」

「セイキの方が響きがええて、絶対や」

手を払われたことを気にする様子もなく、山本が言い張る。黒田が五姓田に目を向け、小声でいった。

「しばらく」

「どうも」

五姓田が応じる。

二人を見比べていた山本が眉尻を下げた。

「何や二人ともずいぶん愛想ないな。ともにパリで過ごした間柄やないか。儂のところで飯も食うたやろ。同じ釜の飯っちゅう奴《やつ》やないかい」

しかし、五姓田も黒田も取りあわなかった。猿田のそわそわがいらいらに転じようとしている。源吉はうなずいてみせ、山本に顔を向けた。

「あの……」

だが、先に声を張ったのはまたしても山本だった。

「ちょうど皆さんがお揃《そろ》いなので、ここで不肖山本芳翠、改めて宣言さしていただきます。このたびパリから黒田君が帰朝しはったんで、かねてより申しあげていた通り山本芳翠は我が画塾を塾生ごとこの黒田君に託し……」

いったん始まった山本の長広舌は誰にも止められない。


「芸術の自殺とおいでなすったか」

とよの話を一通り聞いた兄周三郎はつぶやき、含み笑いをしてかたわらで椅子に腰を下ろしているコンデルに目を向けた。

「役人どものやり口はコンデルさんが一番よくご存じじゃありませんか」

「そうねぇ」コンデルが苦笑する。「たしかに私はこの国の奴隷《スレイブ》だった」

コンデルが日本に来たのは工部大学校造家学教授としてだった。当初の契約通り七年にわたって教授をつとめ、退官後も講師として工部大学校、後身の東京大学工学部との関係がつづいたが、三年前、名誉職の肩書きを一つ残しただけで三菱《みつびし》会社の顧問に就任している。現在、丸の内の三菱一号館、二号館の建築が進んでいた。

池之端にある岩崎邸が三菱本家である。

コンデルがつづける。

「国の言いなりに無理なこともしなくちゃならなかった。暁斎先生なら決してやらなかったでしょう」

「親爺《おやじ》は役人と肌が合わなかったから。何でも役人どものいう通りにやれたんなら伝馬牢に放りこまれた上、死ぬほど鞭《むち》で打《ぶ》たれることもなかったでしょう。いくら金を積まれたって政府の仕事はやらなかったでしょうな」

とよは反論した。

「でも、父は客が所望すれば描いたじゃないですか。酒席ならとくに」

「まあ、飲んでさえいりゃ機嫌のいい人ではあった」周三郎はうなずき、まっすぐとよの目をのぞきこんだ。「お前のいう通りお旦《だん》の望み通りに描いてみせた。どうしてだか、わかるか」

金のため、といいかけたが、何かが違うような気がしてとよは首をかしげるだけにした。

「お旦連中が欲しがったのは、鴉《からす》でもなけりゃ、布袋《ほてい》でもない。河鍋暁斎の揮毫《きごう》だ。べろべろに酔っ払ってて、いざ描いてみりゃ美人だかガイコツだかわかりゃしなくたってかまわない。目の前で河鍋暁斎が描いたんだ。だから大枚はたいた。もし、親爺が金のために描くことがあれば、それはもう暁斎の絵じゃない。お旦が国になったって同じことだ。金ってのは払った方がもらった方を縛る。五姓田のいう自殺ってのは、その辺りじゃないかね。とくに役人てのはたちが悪い。要領のいい屁理屈《へりくつ》コキばかりが出世する仕掛けになってやがる。商人《あきんど》だって似たようなものかも知れない」

「でも……」とよはまたしても言葉を返さずにいられなかった。「商人だって清兵衛さんみたいな方もいるじゃないですか」

「そう。絵のわかる御仁はいる。商人だけじゃない。おそらく役人にもいるだろう。だけどな、役人なら生涯出世することはないし、商人なら店《たな》を傾けちまう」

周三郎が目を細め、笑みを浮かべて言葉を継いだ。

「おれは親爺にずいぶん叱られたもんだ。どうしてお前はいつも褒められよう、褒められようと絵を描いているんだってね。いったい誰に褒められたいんだっていうからあんただよって……、いえなかったがね。親爺は……、河鍋暁斎は自分が欲しいと思う絵だけを描いた。自分が欲しいと思う絵を描くためなら何でもした。あれだけ稼いだ人だが、死ぬまで貧乏だったろ。親爺が何を買ってたか、思いだしてみればいい」

父が買い求めたのは、古今の名品であり、自分が興味を持ったことには惜しげもなく金を注ぎこんだ。狂言が好きになれば、希代の名人に弟子入りし、三番叟《さんばそう》を踏むまでになった。決してうまいとはいえなかったが……。

『下手に習えば、下手がうつる』

そう父はいっていた。その狂言にしてもとどのつまりは一幅の絵にするため、のめり込んだに過ぎない。

父にとっては、すべては絵につながっていた。

とよはふと思った。

石の蝦蟇は、父のところまでちゃんと跳んでくれたのかも知れない。

4

能舞台の向かって左に飾られた大輪の赤い牡丹《ぼたん》の陰から白く輝く獅子《しし》がゆっくりと現れ、観客は息を嚥んだ。舞台前端に据えられた一畳台の上に赤獅子は立っている。

背後の後舞台から前舞台へ、そして赤獅子の背後に白獅子が忍びよるにつれ、太鼓、大鼓《おおつづみ》、小鼓、能管が奏でる乱序の拍子が速まり、囃子方《はやしかた》の声が高く大きくなる。まさに白獅子が赤獅子の背に飛びつこうとした、そのとき――。

たんっ。

白足袋に包まれた爪先が小気味いい音とともに舞台を蹴ったかと思うと、赤獅子がふわりと浮かびあがった。

観客席から低いどよめきが起こる。

三尺ほども跳びあがった赤獅子が宙で両腕を広げ、足を縮める。金色《こんじき》に輝く獅子口の面が下方を向いているため、さながら大きな目が客を睨み、長い牙を剝《む》きだしにした口からは咆吼《ほうこう》がほとばしりそうだ。

ひらりと舞台に降りた赤獅子は左膝を前に出し、躰を丸めた。白獅子が間を詰める。

大鼓が鋭く打たれ、赤獅子がふり返る。

客席の最前列で、とよは目を瞠《みは》った。

赤獅子の代赭色《たいしゃいろ》をした毛が大きく広がり、白獅子がぬうっと顔を出す。二頭の獅子の視線が真っ向からぶつかる刹那――もう何度も見ているというのに、とよは背筋がぞくりとし、両腕が総毛立つのを感じた。

能舞台『石橋《しゃっきょう》』の後段、赤、白二頭の獅子が乱序の調べに乗って、ときにもつれ、ときに体《たい》を入れかえ、一瞬も止まることなく軽やかに舞うことで普賢菩薩《ふげんぼさつ》の浄土を寂昭《じゃくしょう》法師に、そして観客の眼前に出現させている。石橋の見せ所であった。

芝公園の敷地内にある能舞台紅葉館《こうようかん》は、完成したばかりの頃――とよが十四になった年――から父に連れられ、何度も来ていた。狩野派では修行の一つとして能、狂言の舞台を見せられ、さらには習わされる。父も入門した当初から足繁く舞台に通い、舞いや所作を学んだ。

まだとよが幼かった頃、父が目の前で三番叟を踏んでみせ、どうだと訊いてきた。感じたまま素直に上手ではないと答えるとたちまち機嫌が悪くなったが、つづけてとよがずらずら並べた名前を聞いているうちに笑いだした。いずれも当代一流といわれる狂言師、人気の歌舞伎役者たちばかりだったからである。

今日は明治三名人の一人、評者によっては三人のうちでもっとも優れているとまでいわれる十六世宝生九郎《ほうしょうくろう》が紅葉館の舞台に立つというので、とよはりうを連れてやって来ていた。七、八年前に自前の舞台を建設してから十六世はほかの舞台に立つことが少なくなっていた。貴重な機会であると同時に酒問屋鹿嶋屋の清兵衛から石橋を描いて欲しいと頼まれていた。

父を贔屓とし、入門までしてしまった清兵衛もまた能、狂言が好きで、好きが高じて自邸に舞台までこしらえてしまった。幼い頃からとよがもっとも数多く見たのは清兵衛宅の舞台にほかならない。

明治期になって以降、狩野派にかぎらず日本画の絵師が少なくなった上、能、狂言を描ける者はほとんどいなかった。父がほとんど一人で背負っていたようなものである。とよは十歳になる頃から父の手伝いをしてきた。当初は女にしては大柄であることを買われ、荷物運びが多かったが、絵の方の技量が上がるにつれ、筆を揮うことが増えていった。父が没したあと、気がつけば、能、狂言画の第一人者に押し上げられていたのである。

名士からの注文も多かったが、気後れしたことはない。とよが恐れたのはただ一つ、父の名を汚すこと、それだけであった。

乱序の拍子がさらに速まり、二頭の獅子の動きが激しくなっていた。舞台を踏みならす音が観客席に響く。

とよは息を殺し、目を凝らし、一心に舞台を見つめつづけていた。

どうしてどいつもこいつも浅草といえばどじょうといいやがるんだ、浅草にはどじょう屋しかないとでも思ってるのか……。

酒を口に含み、五姓田義松は目の前で煮えている浅い鉄鍋を見て胸の内で毒づいていた。浅草在住の人間には珍しくもない。もっとも義松がこのどじょう屋に来るのは山本芳翠、岸田吟香といっしょだったとき以来でかれこれ四年ぶりになる。

向かい側であぐらをかき、どじょうをつまんでは口に運んではふいはふいやっているのは原敬だ。昨日、使いの者が来て、明日夕方、このどじょう屋で会いたいと伝えた。承知したと答え、出かけてきたのである。

酒を飲みながらおざなりに近況など訊《たず》ねあったものの話題らしい話題もなく、そのうち義松は一昨日行った洋画沿革展覧会について話していた。

「そこで猿田という男に会ってね。龍池会に出入りしていた奴なんだが」

「龍池会の猿田……」口元に運びかけた猪口《ちょこ》を止め、原が宙を睨む。「どこかで聞いたな」

やがて義松を見て破顔した。

「ちょうどパリから帰朝した頃、おれはあんたの工房を訪ねた。あのときに聞いた名だ。

何でもあんたがルーブルで模写したレオナードの絵を持ってきて、真作だとお墨付きをくれといった間抜けじゃなかったか」

「そう、その間抜けだ」

「まだ付き合いがあったとはね。とっくに絶縁したと思ってたがね」

「いろいろ事情もあれば……」

義松は高橋由一、源吉父子との行き来や沿革展覧会開催の経緯をかいつまんで話した。

「猿田は商人だ。だから金の匂いがすれば、どこにでも鼻を突っこんでくる。龍池会などとっくに解散して、今じゃ日本美術協会なんてご大層な看板を背負っているがね」

「五、六年前の話だな」

「それくらいだ。猿田はその頃に離れたようだが、今でも絵だの漆器だのを商っているみたいだ。ブツだけじゃなく、道具なんかもね。それで高橋先生と因縁ができて、展覧会も手伝うことにしたといっていたが、どうせ狙いは金儲《かねもう》けだろう」

原が身を乗りだし、低い声でいう。

「猿田という男、おそらく岡倉にくっついてたんだろう」

「岡倉とフェノロサにな」

苦々しげに吐きだす義松を眺め、原がにやにやしながらいう。

「恨み骨髄って顔だな。無理もない。何しろ洋画排斥運動の二大巨頭だ。だが、あいつらにしても負け組なんだよ。フェノロサはアメリカに帰っちまったし、岡倉も今は美術協会どころか奴《やっこ》さんが肝煎で作った東京美術学校からも追いだされそうだよ」

「その辺は聞いているが、負け組ってのは、どういうことだ？」

「美術協会内部の主導権争いに負けたってことさ。あそこじゃ宮内省と文部省が争ったが、やんごとなきところを天辺《てっぺん》に持ってこられたんじゃ、文部省に勝ち目はない。岡倉は文部官僚だった。一時は威勢が良かったんだ。それで美術学校設立まで行ったんだから。だが、宮内省が巻き返したというわけだ」

「何だって役所同士が争う？」

「利権が絡むからね。おれは農商務省にいたことがある。そもそも龍池会ってのは農商務省が利権を握ってたんだが、文部省に……、というか岡倉にうまいことしてやられたわけだ。岡倉にはフェノロサって御雇がついてたからね」

「それじゃ、あんたも負け組の一人ってことか」

「おれはもともと外務省の人間で、一時期農商務省にいただけだ」

「前にうちに来たときはパリから戻って農商務省に出仕するといってなかったか」

「去年、外務省に返り咲きを果たした」原が胸を張り、気取って小さくうなずく。「こっちの話はわきにおいて。岡倉はもう一つ厄介事を抱えている」

「厄介事って？」

「九匹の鬼《ナフ・デイモン》」

いきなりフランス語でいわれ、義松は面食らった。原はいたって生真面目な顔でつづける。

「男爵《バロン》」

はっとした。龍池会の重鎮に九鬼《くき》という男爵がいることは聞いたことがあった。だが、それがどうして岡倉にとって厄介事なのか、ますます訳がわからない。

原が猪口を呷《あお》る。義松は銚子《ちょうし》を取りあげ、差しだした。

「焦《じ》らすなよ」

酒を受けながら原が小声でいう。

「ちょうどバロンがアメリカに赴任しているとき、伯爵夫人《バロンヌ》が孕《はら》んでてね。ご亭主が英雄色を好むを地で行ってたせいで、可哀想《かわいそう》にバロンヌは脳がおかしくなった。たまたまフェノロサについてパリからアメリカに渡った岡倉がワシントンで行き会った。バロンは岡倉にバロンヌを日本へ連れ帰ってくれと頼んだ。それで……」

わかるだろというように原が義松を見る。義松はうなずき手酌で酒を注ぎながらつぶやいた。

「利権争いに不貞かよ……、やれやれ」

「人間だもの。そんなこんなで猿田も弾《はじ》きとばされたんだろう。だけど東京美術学校は立派に残ったじゃないか」

「へっ」

義松は鼻を鳴らし、酒を呷った。息を吐き、原を見やる。

「学校で習って絵描きになれるんなら苦労はしない」

「おれは絵については門外漢だが、それでも基礎が必要なことくらいはわかるつもりだ。線を引いたり、丸を描いたり」

「どっちが筆の穂先か、尻かを習ったり、か」

「何だ、そりゃ。まあ、いいや。とにかくあんただって最初は誰かの手ほどきをうけたわけだろ」

「最初は見よう見まねだった。うちは親父《おやじ》が元々絵描きだったから」

最初はね、と義松は胸の内でくり返した。物心ついたときには、去年死んだ父のそばで真似《まね》をしていた。そのうち父が義松に画力があるといいだし、十歳のとき、横浜のワーグマンに弟子入りさせた。そこで初めて本格的な洋画の指導を受け、その後も工部美術学校に入り、パリにまで行った。

おれこそ学校で絵の描き方を習ってきたわけか……。

しばらくの間、原が銚子を突きだしているのに気がつかなかった。目をしばたたいた義松は猪口を出し、酒を受ける。

脳裏には何人もの絵描きの姿が浮かんでは消えていった。最後に父、一世芳柳が見えたが、なぜか義松に背を向け、遠ざかっていくところだった。

硯池《けんち》に溜まった墨液の表面が硯丘《けんきゅう》と同じ高さになったところで、とよは墨を置いた。改めて背筋を伸ばし、四隅を文鎮で押さえた一尺半四方の画仙紙を半眼で眺め、静かに息を吸ってはゆっくり吐いた。

待った。

無理に自らを奮いたたせ、筆を握ったところで線一本満足に引けないことはわかっている。依頼主との約束があり、すでに謝礼を受け取っているからと無理に筆を揮ったところで、半ばも描かないうちに唸り声を発し、画仙紙を丸めて放りだしてしまう。

すっと線を出せるときは出せる。出ないときは、逆立ちしても出ない。

その線が、その丸が、その点がどこから来るのか見当もつかなかった。天から降ってくるようでもあり、白紙の上に浮かびあがってくるようでもある。いざ描きだしてしまえば、あまりに安易で簡明な線に自分で呆《あき》れてしまうほどなのはわかっているが、線は平明でなくてはならない。そうでないと絵にはならない。

だからただ手が動きだすのを待つしかなかった。目の前は白い。ただただ白い。紙と自分の間には、ほどよく墨をふくんだ筆があるばかりで誰もいない。何もない。そしていざ手が動きだせば、あたかも絵が勝手に滲《にじ》み出てくるのを陶然と眺めているだけになる。そこに至らなければ、絵にはならない。

半ば下ろしたまぶたの裏には十六世宝生九郎が演じる赤獅子が舞っている。

舞台を見たのは二日前だ。昨日の朝も今と同じように墨を擦り、画仙紙を広げ、正座をして半眼の内にくり広げられる舞台を見つめていた。そのまま日が暮れかかり、画室に薄闇が立ちこめるまで身じろぎ一つしなかった。

まだ待っていた。二頭の獅子が絵に転ずる、そのとき……。

まぶたの裏に舞台、耳の底に乱序が鳴りわたっていた。待ってはいたが、焦れなかったし、まして退屈などしなかった。

夕闇が濃くなったところで墨液を捨て、硯《すずり》を洗った。そして今朝、夜明けとともに起きだし、井戸で水を汲《く》んできて墨を擦った。今日も一日、こうして白いだけの紙と対峙《たいじ》しているうちに終わってしまうかも知れない。

亀甲紋で縁取られた一畳台に赤獅子が足をかける。白い大輪の牡丹の陰から白獅子が現れる。太鼓が空気を震わせ、震えた空気を大鼓、小鼓が切り裂き、能管が狂おしく叫びつづけ、囃子方の声に声が重なる。

台に乗った赤獅子の背後に白獅子が迫った刹那、白足袋を履いた爪先が台を蹴り、すべての音が消え、燃える薪《たきぎ》が投げかけるゆらめく光の中、ゆっくりと赤獅子が宙に浮かびあがる。

見上げるほどの高さまで跳んだ赤獅子が両腕をいっぱいに広げたかと思うと落ちはじめ、膝を曲げて衝撃を殺して優美に舞い降りる。ぬっと顔を出す白獅子を、いったん背を丸めた赤獅子が伸びあがってふり返る。

刹那、赤獅子の赤い毛がさっと広がり、二頭の獅子が互いを見交わす……。

やはりここだ。

とよはかっと目を見開いた。

紙に目を据えたまま筆を執り、穂先を紙の下辺近く真ん中に置いた。左の爪先から立てた脹《ふく》ら脛《はぎ》、腿《もも》、台についた右膝、腰、背、胸、伸ばした両腕、ふり返っているために張りつめている右の首筋、耳、両目は左に寄る。

穂先が右上に移り、前にいる赤獅子の視線を受けるようにやや下向きになった白獅子の両目を描く。眉、鼻、かっと開いた口と下がった顎、頭蓋、はち切れそうになっている首筋から肩、水平に伸ばした両腕、引き締まった腹、腰、踏んばっている左の腿が紙の上に現れてくる。舞台を踏まえる左の爪先を描き、右の爪先から脹ら脛、腿へと線が連なり、二頭の獅子が紙上に出現したところでとよはようやく詰めていた息を吐いた。

たった今描きあげた裸体の男二人を見下ろしたまま、肩を大きく上下させ、あえいでいた。目は忙《せわ》しく動き、獅子を演じる能楽師の躰の腕、足、首の長短やねじれ、動きに不自然がないか確かめていく。

まず裸体を描き、その上から衣装を重ねていくのは父暁斎の流儀だった。

『衣装の下には躰がある。躰の内には肉もあれば骨もあって血が流れている。そこが狂えば、絵にはならない』

何度いわれたことか――。

筆に墨をふくませ、手前の赤獅子の獅子口面を描き、かつて父に潔いと褒められた線で狩衣《かりぎぬ》、袴《はかま》、踏みだした足を包む足袋を描いていく。ふたたび硯池に筆を浸し、硯丘でよぶんを落として背後の白獅子に移り、袴、狩衣、面と下から重ねて描いていき、広がる鬘《かつら》の髪を描く。

知らず知らずのうちに奥歯を食いしばっていた。

あの刹那を描く、あの真骨頂を、赤獅子の髪がさっと広がるのを。ゆったりとうねる髪一筋一筋を赤獅子の顔から左へ、くるりと穂先を回して右へ抜く。

「くっ」

声が漏れた。

違う、違う、違う……、脳裏にある絵と眼前に現出する線の違いにじりじりしながら線を重ね、探っていく。

鬘を描けば、面が気に入らず、面を直せば、直垂《ひたたれ》のおかしなところが目につく。幾度も線を重ねたことで判然としなくなれば、あらかじめ用意してあった薄紙を糊《のり》で貼り、その上から透けて見える線と脳裏にある線とを照らし合わせ、筆を走らせる。

修正に修正を重ね、ふうと息を吐いたときには、縁側の障子が日に照らされ、正座をしているりうの影が映っていた。

「何時だえ？」

「もうとっくに午《ひる》を過ぎております」

道理で腹が減った。

「何か用意してある？」

「おそばを」

「何？」

「しっぽくで」

「温かくしておくれ」

「あい」

りうの影が立ちあがり、とよは筆を置いて両肩の力を抜いた。

5

画架《イーゼル》に置いた横長の絵には、左側に春の陽射しにきらめく墨堤《ぼくてい》の桜並木が描かれている。堤は左の縁の中ほどから右に向かって低くなり、中景には隅田川《すみだがわ》、遠景に対岸が描かれていた。対岸の空は淡い桜色だが、夕景ではなく、墨堤を彩る桜が空までも染めあげているのだ。

「やはり臥遊《がゆう》だな」

父由一が穏やかにいうのを源吉は黙って聞いていた。

洋画沿革展覧会を終えるとすっかり気抜けしてしまったのか、それまでは頑として受けつけなかったお襁褓《むつ》を使うようになり、大小便も床の中でとるようになっていた。気力、体力ともに落ち、とくに足が萎《な》えていた。源吉やほかの家族、弟子たちに抱えられて便所まで行ったとしてもしゃがむことができない。

すっかり肉が落ち、見る影も無く軽くなったとはいえ、女手だけでは寝返りを打たせるか、半身を起こさせるのが精一杯で、抱えあげるとなれば男の手、それも数人がかりとなっていた。

画架に置かれているのは油絵ではなく、水彩であり、しかも源吉が描いたものだ。油彩の本画は源吉が大半を描き、父が仕上げて四国金比羅社《こんぴらしゃ》に納めた。

絵描きを生業とする家にはほとんど本画が残らない。絵にはたいていは注文主がいて、完成すれば納品して代金をいただく。手元に残るのは習作か下絵でしかない。今、父が眺めているのも墨堤桜花図の習作だった。

父が源吉をふり返り、ようやくひと言圧しだす。

「お前も……」

「はい。では、御免」

源吉は返事をし、畳にごろり横になり、右手で手枕をかった。父がふたたび絵に顔を向ける。

絵など寝そべって、ぼんやり眺めているくらいでいいという心境を臥遊と称する。父が源吉に命じ、美術研究誌『臥遊席珍』を刊行させたのは明治十三年のことだ。文久年間から油絵の技法、画材の研究とわが国での啓蒙《けいもう》活動に邁進《まいしん》してきた父だが、画塾として刊行する研究誌の題にあえて臥遊と持ってきた。

新時代の技法であるはずの油絵を探求する誌名が臥遊というのは、源吉にとって長年の疑問でもあった。むしろ端座し、息を詰めて対峙すべきものではないか、と思ったのだ。

「一つ、お訊きしてもいいですか」

源吉も墨堤桜花図を見つめたまま、声をかけた。父が背中を向けていることで訊ねやすかったのかも知れない。

「何だ？」

「なぜ、臥遊席珍だったのでしょうか」

刊行してほどない明治十四年、父は絵画界において一大論争を巻きおこしている。三月から六月まで上野公園で開催された第二回内国勧業博覧会がきっかけであった。父は『江堤』を出品し、妙技二等賞牌《はい》を得ている。一等に該当作がなく、実質的には最優秀の評価だった。

しかし、父は審査員たちの講評がまるっきり的外れであり、そのため評価そのものが不当だとして盟友岸田吟香が主宰する新聞紙上において審査内容を酷評した。

父の言い分はこうだ。

『江堤』は雨上がりの昼下がり、樹間からほんの一瞬射しこんだ陽光が川面《かわも》に映る情景を描いており、それは子供が見てもわかることだが、どういうわけか審査員たちはこぞって月下の情景としたばかりか、なおかつその描き方が絶妙だと褒め称《たた》えた。まるでとんちんかんだとしたのである。

さらに父の言い分を載せた新聞の記事と、審査員たちの評を内国博会場に展示されている自作の下に並べて貼りつけ、大書した。

観覧者諸氏のご判断を請う――。

審査員の中には、蕃書調所画学局の上司にして師匠でもあった川上冬崖もいたが、父は容赦しなかった。

父が激怒したのは、一席を該当なしとし、『江堤』を二席とした点にあったのは間違いない。

当代第一級と声望のある画家や教育者、評論家等が純粋、真摯に作品に向きあい、評価したのであれば、父としても声を荒らげるには至らなかった。だが、内国博の審査員たちはいずれも工部美術学校の教授か深い関わりを持つ者で、出品作の大半は同校の御雇イタリア人教授サン・ジョヴァンニの教え子たちの手になるものが多かった。一方、父は自ら私塾を率い、官立の工部美術学校とは別に創作活動を行っていた。

だが、並んだ作品を見れば、父の画力がぬきんでていたのは誰の目にも明らかだったのである。内国博における評価のさじ加減に政治的匂いを感じた上、審査員たちが的外れな講評をしたのだから父が爆発したのも無理はない。

おのが名誉欲のためではない。御一新前後から父は日本における西洋画の未来を描き、普及と啓蒙に物心両面で人一倍傾注してきた。それだけにまだよちよち歩きの日本西洋画界においてあからさまな忖度《そんたく》がまかり通るようでは、おべっか使いだけが生き残り、才能ある未来の画家たちを殺してしまいかねないと危機意識に駆られたのである。

源吉自身、無関係ではなかった。内国博の五年前に創立された工部美術学校に入学し、ジョヴァンニの前任、フォンタネージの指導を受けていた。明治の初めから十年代にかけて、美術学校において教授の交代や教育方針をめぐるすったもんだがあったが、その背景には御一新から五年、十年と経つうち、国情には少しく安定を見ながら政府部内で権力闘争が凄《すさ》まじくなっていたことがある。

政治と芸術は別物だと父はいいたかった。

だが、現実問題としてなかなかそうはいかない。とくに新興芸術である油絵の普及となれば、見せる側にはきちんと絵を見られる施設と機会の充実をはかる必要があり、観客の側も明日の飯を思い煩うことのない安定した生活が欠かせなかった。

そのため父は有力な政治家や大きな宗教団体をパトロンにしようと努力をつづけてきたが、必ずしも理解されず、思うようには進まなかった。激動に次ぐ激動、一難去ってまた一難の生涯を送ってきた父には、臥遊という言葉はいかにも不似合いだと源吉には感じられた。

やがて父がぼそぼそといった。

「お前、この絵の写生に行ったときのことを覚えているか」

「はい、父上といっしょでございました」

「儂は何といった？」

「手前の堤防と隅田川《おおかわ》と対岸を一つに収めよといわれました」

「お前は逆らったな」父が口元に笑みを浮かべた。「遠近法が狂うとか、光の向きがでたらめだとか」

「はい」

対岸の空の色も、と胸の内で付けくわえる。夕景でもないのに空がほんのり桜色に染まっているなどあり得ない。

「すべて屁理屈だ。今、儂はこの絵を前にして春の墨堤におる。目の前には満開の桜並木がある。風が温かくて実に心地よい。絵は理屈で描けばいいというものではない。そこにいる者、見ている者の心の在りようこそを描きださなくてはならない」

父がゆっくりと源吉をふり返る。穏やかな、実にいい笑顔をしていた。

「寝転がって、気楽に眺めて、気持ちいい。まさに臥遊であろう」

そこに在る物を描く。それを見る人の心の在りようまで……。

それこそが父——高橋由一が求めつづけた油絵にほかならなかった。


どうして眠っていられるのだろう——五姓田義松は右の手のひらにすっぽり収まる息子の小さな尻を撫でながら思った。ようやく首が座った息子は義松の胸に顔をつけ、左の親指をくわえて眠っている。

胸や息子を抱いた左腕と、小さな尻を撫でている右手に伝わってくる温もりが無上に心地よかった。子供が生まれる以前は、夏の暑い盛りに汗でべとべとになった子供の腕を首にまとわりつかせている馬鹿親には嫌悪しかおぼえなかった。目にするだけで暑苦しく、腹立たしくなったほどだ。

今年の夏、半裸でいてさえ汗がだらだら流れる猛暑にあって、おくるみに包まれた息子を抱いていて感じたのは優しい温もりで、決して暑苦しさではない。団扇《うちわ》で柔らかな風を飽かずに送りつづけていられたし、かつてなら吐き気を催した乳臭さをいくらでも嗅いでいられた。

おれも馬鹿親になったと思った。自分にかぎって赤ん坊に嫌悪以外の気持ちを抱くことはあるまいと思いさだめていたのだが……。

去年二月、父一世芳柳が六十五で死んだ。その年の暮れ、義松は縁あって嫁をもらい、今年五月、長男が生まれた。仕事はまるでなかった。

「やあ、行かれますか」

二世芳柳こと五姓田芳雄《よしお》の声に義松は顔を上げた。画室の隅に置いた文机で書き物をしていた芳雄の前に若い男が膝をそろえて座っている。かたわらには風呂敷包みが置いてあった。

若い男が両手をつき、頭を下げた。

「長い間お世話になりました」

「こちらこそ……」芳雄がわずかにためらったあと、言葉を継いだ。「申し訳なかったね」

「いえ」

画室はがらんとしている。芳雄と挨拶に来た若い男のほかには部屋の反対隅で義松が息子を抱いて座っているばかりである。

かつてはつねに数人、多いときには十人以上が画仙紙の上にかがみこみ、歩きまわり、声をかけあっていたものだ。その間を長い白髪を頭の上で丸め、鳩尾《みぞおち》にかかるほど白鬚《しらひげ》を伸ばした父があちらこちらに目を配りながら歩いていた。

工房の頭領であった父は肖像画や風景画の依頼を受けてきて、ときには小屋がけの興行を仕掛け、上野や浅草、横浜で行列を為すほどの見物人を集めたものだ。いったん仕事が決まれば、弟子たちに役割を振り、自らは指揮にあたった。

芳柳の名を譲られたものの、芳雄に工房を支えていく甲斐性《かいしょう》はなく、一絵師として黙々と仕事をしているだけに過ぎなかった。その点は義松も変わりない。

父が亡くなったあと、仕事が激減し、妹の渡辺幽香《ゆうこう》夫婦を始め、すでに絵師として名を馳《は》せていた者たちは独立していった。残ったのはまだ若く、未熟な者ばかりだった。そうかといって芳雄も義松も進んで指導をする性質《たち》ではなく、問われれば答えるか手本を描いて見せ、ときには取りかかっている絵を持ってこさせて自ら筆を入れた。また工房の外へ出かけていき、スポンサーになってくれそうな旦那衆に会って興行なり肖像描きなりの仕事を取ってくるのも不得手だった。

矜持《きょうじ》のせいか、と思うこともある。義松はかつてパリで学び、それ以前には孝明《こうめい》天皇を描き、今上天皇の行幸に供奉《ぐぶ》して視察される情景を描いた。パリの留学にあたっても政府との行き違いから費用の援助を受けられなかったが、すべてを自費でまかなえるほどに稼いでいた。

そんなおれが何で今さら金のためにへいこらしなくちゃならない……。

だが、義松栄光の日々は十五、六年前で終わっている。はるか昔とも思えたし、ほんの少し前にしか感じられないこともあった。

何もかも変わってしまった。

今は赤ん坊を抱き、さてどうするかと思案を巡らしている。工房の窮乏を打開する妙案とて浮かばなかったが、息子を授かったことに幸福を感じていたし、少なくとも絶望はなかった。かつて父がいった言葉が浮かぶからだ。

『お前は子供の時分から絵を描いてきた。儂がやれといったわけでもない。せいが頼んでもない。楽しいから描く。それだけでいい』

そこまでいったあと、父は付けくわえた。

『義松、何とかなるもんだ』

今、芳雄に挨拶をしているのは最後に残った弟子だ。自分のところへ挨拶に来れば、やはり甲斐性がなかったと詫《わ》びなくてはならないだろうかと思った。男の芳雄への挨拶は割合簡単に済んだ。義松は身構えたが、最後の弟子はこちらを見てちょっと頭を下げただけだ。義松も小さく辞儀をした。それだけで画室を出ていった。

ふたたび息子に目をやる。

すやすや眠っているのは、父の腕の中で安心しきっているからだ。


霊巌島四日市町の堀端にある鹿嶋屋の前で俥が止まった。初老の車夫がふり返る。

「こちらでよろしゅうございますか、奥様」

「ええ、ありがとう」

奥様かと胸の内でつぶやきつつ、とよは車夫が置いた踏み台をつたって降りた。懐に挟んでおいた紙包みを差しだす。

車夫が顔の前で手を振る。

「お代は鹿嶋屋さんからいただいておりやす」

「わかってます。これは私からのほんの気持ち。相方と一杯やってちょうだい。ちょっぴりしか入ってなくて恥ずかしいんだけど」

「そうでやすか。そういうことでございましたら遠慮なくいただきます」包みを両手で受けとった車夫はひたいに押しつけるようにして拝む。「ありがたく存じやす、奥様」

また——苦笑いが浮かんだ。年が明ければ二十六、立派な大年増だ。後ろをついてきた俥から降りたりうがそばへ来る。初老の車夫はりうにも礼をいい、俥を引いて走り去った。

「何でございましょうね」

りうが鹿嶋屋をうかがった。とよは首をかしげた。

「さあ。見当もつかないよ」

十六世宝生九郎の舞台『石橋』を仕上げ、軸装して届けたのが三日前だ。昨日、鹿嶋屋の使いが根岸の自邸にやって来て、翌日の午下がりにご足労願えないかと伝えてきた。ついては俥を二台用意して、午過ぎに差し回すという。とよは承知し、約束通りに迎えに来た俥に乗って、りうともどもやって来たのだった。

四日市町は河岸に酒問屋や蔵がずらりと並んでいるが、中でも鹿嶋屋は大店だった。とよとりうは屋号を染め抜いた紺ののれんを分け、店に入った。入ったところは土間で右に菰《こも》にくるまれた一斗樽《いっとだる》が積みあげてあり、左は一段高くなっていて畳が敷いてある。客が多く、番頭や手代、小僧が忙しく行き来していた。

さっそく前掛けをした小僧が近づいてきた。

「いらっしゃいまし」

「河鍋でございます。本日は……」

要件を伝えかけると奥の帳場から顔見知りの大番頭がさっと立ちあがってやって来て

草履をつっかけて小僧に声をかけた。

「あたしがご案内するから、お前はいいよ」

「あい」

小僧が下がり、代わって大番頭がとよとりうの前に立つ。

「お待ちしておりました、暁翠先生。主人より申しつかっております。どうぞこちらへ」

そういって大番頭は土間の中央から店の裏へ抜ける通路へと進み、とよはりうをともなって従った。

勝手知ったる鹿嶋屋ではあった。父に連れられ、初めてやって来たのは七歳の折、以来、何度も父のともをしていたし、別邸に作られた能舞台にも来ている。実は三日前に石橋図の軸を届けに来る前にも何度か来ていた。

今回の石橋図は並々ならぬ力を注いでいた。鹿嶋屋清兵衛からのたっての頼みということもあったが、とよ自身、自分でも驚くほどにのめり込んだのである。下絵が決まるまでまず三日を要した。何度も線を重ね、気に入らず、薄紙を貼って描き直しをくり返しているうちに三日経ってしまったのである。

本画にかかる前に清兵衛に頼んで、あのとき、宝生九郎が着けていたのと同じ面や衣装を手にとって見られるように手配してもらった。三名人の一人といわれる九郎ゆえ、本人の衣装や面など望むべくもなかったが、それでも清兵衛が用意してくれた物はとよを深く満足させた。

衣桁《いこう》に掛け、部屋のあちこちから眺めた。鮮やかな朱地に丁寧に縫いこまれた金糸が見る角度によって輝き、色合い、風味を変えたからだ。息がかかるほど近づき、また縁側に出て外から、さらには庭に降りて舞台上にあるかのように見上げた。

『お手にとってご覧くだすってもよろしゅうございますよ。許しは得ております』

清兵衛にいわれ、とよは小躍りして衣装を手にし、むさぼるように眺めた。そしてすべてを画帖《がじょう》に写しとったのである。ときには顔料を持参し、色を作りながら試し塗りもした。そのため鹿嶋屋通いが五日に及んだほどである。

そして本画にかかって五日ののち、ようやくに完成して軸装に出したのだった。舞台を見てから軸を清兵衛に届けるまでほとんどひと月を要している。

店を抜け、奥の式台から屋敷内に入ると渡り廊下を伝って中庭を渡り、座敷へと案内された。障子の前に来て、大番頭が膝をついたのでとよとりうも従った。ふり返った大番頭が小声でいう。

「生憎《あいにく》、主人がちょっと出ておりまして。すぐに戻ってまいりますので、そこはご安心ください。実は暁翠先生のほかにもうお一方お客様をお招きしておりまして、その方が先にお見えなのでございます」

「そちらの方がご依頼主でございますか」

大番頭がちょっと困ったように笑みを浮かべた。

「不調法であいすみません。そこまでは聞いておりませんもので」

「結構ですよ」

とよが大きくうなずくのを見て、大番頭も安心したらしく障子越しに声をかけた。

「暁翠先生と暁月先生がお見えになりました」

「お待ちしておりました。お入りください」

「失礼いたします」

大番頭が障子を開け、廊下に手をついて頭を下げる。

「大変にお待たせをいたしました。主人もほどなく戻ると思います。暁翠先生をご案内いたしましたら、さっそく粗茶など用意させていただきます」

大番頭に促され、敷居の前で一礼したあと、とよとりうが部屋に入った。床の間を背負って痩せた老人が座っている。向かいに敷いてある座布団を指して老人がいう。

「どうぞお当てください。といっても私の家ではございませんがな」

どこかで聞いたことのある声だと思いながら、とよとりうは老人の向かい側に進み、座布団の後ろに座って手をついた。

「河鍋暁翠と申します。こちらは弟子の暁月にございます」

「これは先生が揮毫なされたのですね」

待ちきれないといった様子で老人が訊ねてくる。顔をあげると老人の背後の床の間に石橋図が掛けられていた。

とよはまっすぐに老人を見た。

「さようにございます」

「見事でございます。これは絵の方だけでなく、能もいずれかで修行されたのでもないかぎりこの刹那を描ききれるものではございません。失礼ながら、どちらの流派でございますか」

とよはすっと息を吸い、背筋を伸ばして胸を張った。

「狩野派にございます」

ほどなくやって来た清兵衛が無礼を詫びたあと、痩せた老人こそ十六世宝生九郎その人だと教えてくれた。

跋

洋画沿革展覧会の翌年、明治二十七年七月、高橋由一は六十六歳で亡くなっている。父の死後、源吉はまるで父の足跡をたどるように東北を中心に歩き回り、中でも山形には二度足を運んで臥遊を追求するような絵を残し、大正二年、石巻《いしのまき》で客死した。

それから二年後の大正四年、五姓田義松は横浜の自宅で死去、六十歳だった。晩年、交流が深まった黒田清輝は義松の主立った作品を買い、東京芸術大学所蔵とした。

河鍋暁翠とよは、明治三十九年に結婚し、翌年、四十歳で娘を出産した。暁雲周三郎は、姪《めい》が生まれ、父暁斎の血脈がつづくことを見届けた後、明治四十一年、四十八歳で没した。責任感の強い、河鍋家当主に相応《ふさわ》しい最期といえよう。

暁翠は娘が生まれるまで女子美術学校——現在の女子美術大学——の日本画教授をつとめ、その後も昭和十年に亡くなるまで第一線の絵師として活躍をつづけた。

暁翠が手がけた、すっきりと潔い能楽図ほかの作品が今に伝えられている。

解　説

浦上　満

画鬼と呼ばれた絵師、河鍋暁斎《かわなべきょうさい》は明治二十二（一八八九）年四月二十六日に五十八年の波乱に富んだ一生を閉じた。第一話「画鬼と娘」は、その日から出棺まで次々と弔問に訪れる友人、知人、門人たちと暁斎の関わり合いや思いを交錯させて、暁斎の生きざまと明治の日本の美術界の様相を浮き彫りにしていく。

息子の周三郎《しゅうさぶろう》（暁雲《きょううん》）と娘とよ（暁翠《きょうすい》）、弟子のイギリス人建築家コンデル（暁英《きょうえい》）、そしてパトロンの酒問屋、鹿島清兵衛らに看取《みと》られて息をひきとったが、大酒飲みだった暁斎らしく胃ガンが死因とされている。いかにも暁斎らしいのは、絶筆が口もきけない状態でありながら自分が嘔吐《おうと》し、それを見た医者が驚きひっくりかえる図だったということだ。九歳の時、神田川の川岸に落ちていた男の生首を写生するため家へ持ち帰り、大騒ぎとなったため川べりに戻して、そこで写生を続けたという逸話を彷彿《ほうふつ》とさせる。著者も何度も書いているが、暁斎は徹頭徹尾、リアリストであった。

暁斎の主だったエピソードをざっと振りかえると、三歳で菓子袋に捕えた蛙《かえる》を見事に写生し周囲を驚かせた。七歳で当時の人気浮世絵師、歌川国芳《うたがわくによし》の画塾に入門。ここは二年で退塾するが破天荒な国芳の画風や人柄に幼くして接したことは、暁斎のその後の生き方に大きな影響を与えたと思われる。

十歳の時、駿河台狩野派の絵師、前村洞和《まえむらとうわ》に入門、その才能を認められ少年期ですでに「画鬼」と呼ばれた。十六歳の時、本郷を火元に佃島まで広がった丙午《ひのえうま》（一八四六）年大火があり、河鍋家でも家財道具を運び出す真っ最中に暁斎が持ち出したのは、硯《すずり》と紙と筆だった。江戸市中の屋敷などが焼け落ちる様子を必死で写生したという。

十九歳で狩野洞白陳信《かのうとうはくのりのぶ》より「洞郁陳之《とういくのりゆき》」の号を受け、異例の若さで狩野派の修業を終えている。暁斎は「狩野派最後の絵師」という自負を生涯持っていたと思われる。

二十五歳、安政大地震の翌日、仮名垣魯文《かながきろぶん》の戯文に「鯰絵《なまずえ》」を描いて出版し、人気を博した。二十八歳の頃、親交のあった神田鍛冶町の扇屋伊勢新の勧めで狂画を描き始め、惺々狂斎《せいせいきょうさい》と号した。狂画とは諷刺《ふうし》的内容をもつ戯画のことだが、明治四年に「暁斎」と改号するまで、狂画の名手「狂斎」として、その名を轟《とどろ》かせた。三十五歳の時、文中でも弔問に訪れる門弟、杉本留吉《すぎもととめきち》を伴い、信州写生旅行の道中、戸隠《とがくし》神社で大天井画を描いたが、大勢の見物人が見守る中、暁斎はまず三合入りの大盃でお神酒《みき》を三杯呑《の》み干し、それから大きな龍を一気に描いたという。文中でも「三十を過ぎた頃から毎日一升どころか多いときには二升、三升と」暁斎の大酒豪ぶりが紹介されている。

三十八歳、慶応四（明治元）年五月十五日、彰義隊で有名な上野戦争の翌日、暁斎は戦場へ行き生々しい現場で写生をしている。著者は「硝煙のきな臭さや血の生臭さが立ちこめ、雨の匂いが濃密に残る上野の山を歩き、筆を揮《ふる》っている」とその時の情況を書き、また、弔問に訪れた幇間《ほうかん》・露八《ろはち》には「そこらじゅうに首だの胴だの転がってる。その中に立って夢中になって画帖にかがみ込んでる」暁斎の姿を語らせている。暁斎は現実主義者《リアリスト》であった。

著者の池寒魚《いけかんぎょ》氏は、二〇一八年に刊行された「隠密絵師事件帖」を皮切りに、「ひとだま」「赤心」「いきづまり」と隠密絵師・司誠之進《つかさせいのしん》が幕末動乱期に活躍する時代小説シリーズを四作続けて書き下ろしているが、主人公の誠之進の絵の師が河鍋暁斎という設定になっている。当代一の狂画の名手として登場し、剣の達人にも似た筆さばきをみせる天才絵師として描かれている。

御一新後の暁斎は、明治三年四十歳の時、上野不忍弁天境内にある料亭で催された書画会で泥酔し描いた戯画が貴顕を愚弄したとして警察に捕縛され投獄された。翌年、笞《むち》五十の刑を受けた後、釈放される。この時、前述したように号を「狂斎」から「暁斎」に改め、狂画を封じ再出発を目ざすこととなる。ところが世間は暁斎に狂画を求めて止《や》まず、求めに応じて狂画を描き続けた。

明治九年、フランス人実業家エミール・ギメと画家フェリックス・レガメが暁斎を訪問した。暁斎とレガメがお互いの肖像画を描いて競い合ったのだが、その様子をギメは著書に記し、暁斎の戯画や諷刺画も高く評価した。ギメは多くの暁斎作品をフランスに持ち帰り、自ら創設したギメ美術館に収蔵した。暁斎は生前から外国人に人気があり、多くの作品が海外に流出した。お雇い外国人医師であったイギリス人ウィリアム・アンダーソンは暁斎に数多くの絵を注文し、それらは現在大英博物館の所蔵となっている。「序」に出てくるロンドンのオークションで一億円で落札された「一休禅師地獄太夫図」もウィリアム・アンダーソン夫人旧蔵のもので、およそ百年もの間、行方不明の作品であった。筆者も二〇一三年十月ロンドン・クリスティーズで行われたこのオークションに参加していたが、迫熱した競りとなった。ちなみに落札者はアメリカ・シカゴのウエストン財団のロジャー・ウエストン氏であった。明治十三年、暁斎五十歳の時、新富座で上演される「霜夜鐘十字辻筮《しもよのかねじゅうじのつじうら》」のための巨大な贈幕「新富座妖怪引幕」を酒をあおってわずか四時間で描きあげた。これは暁斎の旧知の友、仮名垣魯文が開場二年目の新富座に贈ったもので、縦四×横十七メートルもある大作で、実物を見ると大迫力である。現在は早稲田大学坪内博士記念演劇博物館に所蔵されている。

翌年、五十一歳の時、暁斎が第二回内国勧業博覧会に出品した「枯木寒鴉図《こぼくかんあず》」は、日本画の最高賞である妙技二等賞を獲得している。暁斎はこの絵に百円の値をつけたのだが、日本橋の菓子商榮太樓《えいたろう》の主人細田安兵衛《ほそだやすべえ》が買い上げたので評判になった。枯木に止まる鴉《からす》一羽が百円で売れたと大騒ぎになったという。暁斎は、「一枚の絵の対価ではなく、二十五年におよぶ我が画業研鑽《けんさん》の値だと涼しい顔をしていた」と著者は述べ、その背景には三年前ロンドンであった画家のホイッスラーの裁判があるという。すなわち、ホイッスラーが美術展に出品した自分の作品に高額な値を付けたところ、美術評論家のラスキンが高額すぎて図々しいと新聞誌上で批判すると、ホイッスラーは激怒し裁判を起こした。裁判でホイッスラーは「私の全人生を注ぎこんだ技量に対する値だ」と述べたという。その話を伝え聞いた暁斎は「異人ながら何ともうまいことをいってのけた奴《やっ》がいる」と感心したという。暁斎と交流のあった外国人の内、弟子入りして暁英の名をもらったお雇い外国人建築家のイギリス人ジョサイア・コンデルは、この「枯木寒鴉図」に感銘を受けて暁斎の門をたたいたといわれている。コンデルは明治十年に来日、工部大学校（現・東京大学）で建築学を教え、鹿鳴館、ニコライ堂、三菱一号館などを設計した。暁斎とコンデルは二十一歳の年の差があったが、たいへん気が合い一緒に写生旅行にも行ったりした。もともと水彩画の名手であったが、暁斎に様々な技法を学び腕を上げた。コンデルは後に『河鍋暁斎—本画と画稿』を出版し、それによって暁斎の名は早くから海外で知られるようになった。

日本の近代美術史はフェノロサや岡倉天心《おかくらてんしん》らが主導した東京美術学校の動向とともに語られることが多く、暁斎は戯画も描く在野の画家としてその実力に反して軽視される情況があった。その不条理をコンデルが弔問に訪れたフェノロサに向かって凄《すさ》まじい勢いで日本語で啖呵《たんか》を切る場面は読んでいて痛快である。

第二話「神童」は、やはり時代の流れに葬られた天才洋画家の五姓田義松《ごせだよしまつ》を軸に話が展開する。思いがけず通夜の席で、暁斎の死に顔をスケッチした義松が翌日恐ろしいほど細密に描かれた鉛筆画の肖像を遺族に届けるところから話が始まる。五姓田義松は一八五五年江戸で生まれる。父は「横浜画」と称する洋風絵画で人気を博した画家の芳《ほう》柳《りゅう》である。十歳の時、横浜に住んでいた英国人報道画家チャールズ・ワーグマンに入門して西洋の絵画技術を学んだ。第三話に出てくる高橋由一《たかはしゆいち》も同門で、その頃の義松を「生まれながらの天才、まさしく神童」と驚きを持って語っている。一八七六年、工部美術学校に入学、アントニオ・フォンタネージに師事するが翌年に退学。同年第一回内国勧業博覧会に「阿部川富士図」を出品、鳳紋賞《ほうもんしょう》を受賞した。これは洋画家としては最高賞で、この時第二位は高橋由一と山本芳翠《やまもとほうすい》であった。義松が若くして西洋画の世界で抜きん出ていた証左といえる。一八七八年より明治天皇の御付画家として北陸・東北地方の行幸に同行した。一八八〇年にパリに渡り、レオン・ボナに師事。翌年には日本人として初めてサロン・ド・パリに入選、その次の年も連続で入選し実力のほどを見せつけた。著者は「だが、この世の春といえたのはその頃までだった。折しもパリ美術界は印象派という新たなる潮流に席巻《せっけん》されつつあった。背景には市民革命がある。それまで主役だった貴族や大商人は落ち目となり、彼らを依頼主とする端正な写実肖像はもはや古臭いとされた。義松が身につけた画法がまさにそれで、義松の絵もカビの生えた遺物と見なされたのである」と当時の事情や風潮を的確に述べている。その後、イギリス、アメリカを経て一八八九年に帰国した。帰国後は流行の波から外れ徐々に忘れられた存在になっていく。それは維新当初の極端な欧化政策からやがて揺り戻しの国粋主義的な動きが現れ、官立・国立の美術学校では洋画が排斥されるようになって、教えるのは日本画のみとなったということも由来している。その運動の中心にいたフェノロサと岡倉天心に対し、苦労してフランスなどに留学した義松の憤りは激しいものであったと思われる。

第三話「キセキの一枚」の主役、高橋由一も御一新のはるか前から蕃書調所《ばんしょしらべしょ》の画学局で西洋画の研鑽を積んできた画家だった。文政十一（一八二八）年武家の長男として江戸に生まれた。高橋家は代々新陰流免許皆伝で、藩の剣術師範を務めていたが、由一は幼い頃から画才があり十二歳で狩野派に入門、二十歳の時には広尾稲荷神社に「黒龍」の天井画を描いて注目された。三十五歳で蕃書調所へ入り油絵と出会う。慶応二（一八六六）年イギリス人ワーグマンに師事、そこで十歳だった五姓田義松と接点がある。その時高橋由一は四十歳だったがその作品はパリの万国博覧会にも出品されている。翌年は動乱の上海に派遣され、小説の中では転落した倉庫で吊《つ》り下《さ》がっていた干物（新巻鮭）に遭遇、後の代表作「鮭」の発想を得る。

第四話「絵師の真髄」では、幕末から明治へ移る激動期に西洋絵画普及に打ち込んだ高橋由一が、花魁《おいらん》をあるがままに描いた「美人」（明治六年）や「鮭」（明治十年）を発表、四国の金比羅《こんぴら》宮に作品を三十五点奉納したり、元老院の依頼で明治天皇の肖像を描いたり活躍する。しかし明治十五年、フェノロサが「日本画こそ日本の国力を世界に示す」という講演をし、次第に台頭してきた国粋主義と結びついて、一気に西洋画排斥が広がり、洋画の第一人者であった由一は苦境に陥る。ただ余命幾ばくもない頃、「履歴」が出版され、宮内省買い上げ（二点）と「西洋画を普及させてきた永年の功労を讃える」として銀杯が下賜され、生気が戻る。そして本邦油彩画のお披露目展である「洋画沿革展覧会」が開催され、そこで五姓田義松と河鍋暁翠（とよ）が暁斎の通夜以来四年ぶりに再会する。

画鬼・暁斎の娘とよ（暁翠）は、明治元（一八六八）年十二月に暁斎の三番目の妻・ちかとの間に長女として生まれた。幼少期から父・暁斎から絵を学び、その画才を認められていた。特に能、狂言画のジャンルでは暁斎亡き後、第一人者といわれた。それというのも父・暁斎が狩野洞白の塾生であった頃から狂言を習い始め、自ら三番叟《さんばそう》を踏んだほどで能、狂言画も得意としていた。「まず裸体を描き、その上から衣装を重ねていく」という暁斎の教えを極めたといえる。この小説の最後は暁翠が描いた「石橋図《しやっきょうず》」

を観て明治第一の名人といわれた十六世宝生《ほうしょう》九郎《くろう》が感嘆する場面で終わっている。

著者は河鍋暁斎、五姓田義松、高橋由一の三人の天才画家とその親子・弟子関係を織り交ぜながら「明治絵師素描」として興味深く構成している。これらの画家に共通するのは、その才能はもちろん、反骨精神と絵を描くのが好きでしょうがなかった本性といえるのではないだろうか。

最後に文藝評論家でもない素人の筆者がこの作品の解説を書いている不思議を述べたい。筆者は葛飾北斎の「北斎漫画」を五十年以上蒐《あつ》め続けている。世間では一応「世界一のコレクション」と言ってくれるが、本音を言うと「好きだから」というだけである。

それがなぜ、暁斎かというと、実はルイ・ゴンスはじめ十九世紀末のヨーロッパの日本美術愛好家たちは「暁斎は北斎の弟子である」と信じて疑わないところがあった。しかし現在では二人の間に直接の師弟関係や交流関係は無かったというのが研究者や識者の常識となっている。だがさまざまな画題を圧倒的な筆力で描く北斎と暁斎の作品を眺めていくと、何か特別な共通性を見出したくなるのは筆者だけではないだろう。「北斎も好きだが暁斎も好き」そんな単純な思いで解説を引き受けてしまった。汗顔の至りである。


（うらがみ・みつる　古美術商「浦上蒼穹堂」店主）

本書は、集英社文庫のために書き下ろされた作品です。

本文デザイン　高橋健二（テラエンジン）

集英社文庫　目録（日本文学）

安部龍太郎　関ヶ原連判状(上)(下)
安部龍太郎　天馬、翔ける　源義経(上)(中)(下)
安部龍太郎　風の如く　水の如く
安部龍太郎　道誉と正成　婆娑羅太平記
安部龍太郎　義貞の旗　士道太平記
甘糟りり子　思春期ブス
天野純希　桃山ビート・トライブ
天野純希　青嵐の譜(上)(下)
天野純希　南海の翼　長宗我部元親正伝
天野純希　信長　暁の魔王
天野純希　剣風の結衣
飴村行　ジムグリ
綾辻行人　眼球綺譚
新井素子　チグリスとユーフラテス(上)(下)
新井友香　祝　女
嵐山光三郎　日本詣で　ニッポンもうで

嵐山光三郎　よろしく
荒俣宏　日本妖怪巡礼団
荒俣宏　風水先生
荒俣宏　怪奇の国ニッポン
荒俣宏　レックス・ムンディ
荒山徹　鳳凰の黙示録
有川真由美　働く女《ひと》！　38歳までにしておくべきこと
有島武郎　生れ出づる悩み
有吉佐和子　仮縫
有吉佐和子　連《つれ》舞《まい》
有吉佐和子　乱《みだれ》舞《まい》
有吉佐和子　処女連《れん》禱《とう》
有吉佐和子　更紗夫人
有吉佐和子　仮縫
有吉佐和子　花ならば赤く
安東能明　聖域捜査

安東能明　境界捜査
安東能明　伏流捜査
伊岡瞬　悪寒
井形慶子　運命をかえる言葉の力
井形慶子　英国式スピリチュアルな暮らし方
井形慶子　イギリス人の格　「今日できること」からはじめる生き方
井形慶子　日本人の背中　欧米人はどこに惹かれ、何に驚くのか
井形慶子　好きなのに淋しいのはなぜ
井形慶子　ロンドン生活はじめ！　50歳からの家づくりと仕事
井形慶子　イギリス流　輝く年の重ね方
池寒魚　隠密絵師事件帖
池寒魚　ひとだま　隠密絵師事件帖
池寒魚　赤心　隠密絵師事件帖
池寒魚　いきづまり　隠密絵師事件帖
池寒魚　画鬼と娘　明治絵師素描
池井戸潤　七つの会議

集英社文庫

画鬼《がき》と娘《むすめ》 明治絵師素描《めいじえしそびょう》

2020年9月25日 第1刷　　定価はカバーに表示してあります。

著者 池《いけ》 寒魚《かんぎょ》
発行者 徳永 真
発行所 株式会社 集英社
東京都千代田区一ツ橋2-5-10 〒101-8050
電話 【編集部】03-3230-6095
【読者係】03-3230-6080
【販売部】03-3230-6393(書店専用)
印刷 中央精版印刷株式会社 株式会社美松堂
製本 中央精版印刷株式会社

フォーマットデザイン アリヤマデザインストア　　マークデザイン 居山浩二

ISBN978-4-08-744162-8 C0193